无疆的文学

世界的音符

尚书房

走向世界的中国作家

绝士

谈歌　著

CHINESE WRITERS
WITH WORLDWIDE INFLUENCE

文化发展出版社
Cultural Development Press

图书在版编目（CIP）数据

绝士/谈歌著．—北京 ：文化发展出版社，2016.9（2019.7重印）
ISBN 978-7-5142-1418-5

Ⅰ．①绝… Ⅱ．①谈… Ⅲ．①中篇小说－小说集－中国－当代
Ⅳ．①I247.5

中国版本图书馆CIP数据核字(2016)第164853号

绝　士

谈歌/著

出 版 人：赵鹏飞
总 策 划：尚振山　曹振中
责任编辑：孙　烨
责任校对：岳智勇　　**责任印制**：杨　骏
责任设计：侯　铮　　**排版设计**：麒麟传媒

出版发行：文化发展出版社（北京市翠微路2号　邮编：100036）
网　　址：www.wenhuafazhan.com
经　　销：各地新华书店
印　　刷：三河市金元印装有限公司
开　　本：889mm×1194mm　1/32
字　　数：136千字
印　　张：7.25
印　　次：2016年9月第1版　2019年7月第3次印刷
定　　价：49.80元
I S B N ：978-7-5142-1418-5

编委会

野　莽：中国作家，编辑家，出版家。作品被翻译成英、法、日、俄等国文字。国外出版有法文版小说集《开电梯的女人》等多部作品。主编有中、英文版“中国文学宝库”（50卷），中文版“中国作家档案书系”（30卷，与雷达），“中国当代长篇小说评点绘画本丛书”（15卷）及“中国当代精品文库”等大型丛书数百种。

安博兰：（Geneviève Imbot-Bichet），法国汉学家，汉法文学翻译家，出版家。法国Éditions Bleu de Chine创始人。早年于台湾学习汉语，曾在法国驻华使馆（北京）任职。现为法国珈利玛出版社（Gallimard）中国蓝丛书负责人，法国“中国之家”文化顾问。曾翻译出版了大量中国作家的作品，其中最具影响力的有荣获法国三大文学奖之一——费米纳（Fémina）外国文学奖的《废都》。

吕　华：中国翻译家。曾任中央编译局中央文献翻译部法文处处长，中国外文局中国文学出版社副总编辑，中译法最终审稿、定稿人。对外翻译过三任国家领导人的文集。文学翻译有法文版长篇小说《带灯》以及大量中国当代作家如汪曾祺、陆文夫、贾平凹、韩少功、陈建功、刘恒、莫言、阎连科、周大新、王安忆、铁凝、方方等的代表作。

贾平凹：中国作家，书法家，画家。中国茅盾文学奖、费米纳文学奖、法国政府奖、美国美孚飞马文学奖获得者。作品被翻译成英、法、德、意、西、捷、俄、日、韩、越等二十多种文字。在国外产生影响的有英文版长篇小说《浮躁》，法文版长篇小说《废都》《土门》《古炉》等。

周大新：中国作家。中国茅盾文学奖获得者。作品被翻译成英、法、德、朝、捷等十多种文字。国外出版有法文版长篇小说《向上的台阶》等多部作品。由其短篇小说《香魂塘畔的香油坊》改编的电影《香魂女》获柏林国际电影节金熊奖。

尚振山：尚书房图书出版品牌创始人。出版有“中国名家随笔丛书”、“中国文学排行榜丛书”、“中国小小说名家档案”（100卷）等。

不仅是为了纪念

——“走向世界的中国作家”文库总序

野　莽

尚书房请我主编这套大型文库，在一切都已商业化的今天，真正的文学不再具有20世纪80年代的神话般的魅力，所有以经济利益为目标的文化团队与个体，已经像日光灯下的脱衣舞者表演到了最后，无须让好看的羽衣霓裳做任何的掩饰，因为再好看的东西也莫过于货币的图案。所谓的文学书籍虽然也仍在零星地出版着，却多半只是在文学的旗帜下，以新奇重大的事件冠以惊心动魄的书名，摆在书店的入口处引诱对文学一知半解的人。尚书房的出现让我惊讶，我怀疑这是一群疯子，要不就是吃错药由聪明人变成了傻瓜，不曾看透今日的文化国情，放着赚钱的生意不做，却来费力不讨好地搭盖这座声称走向世界的文库。

但是尚书房执意要这么做，这叫我也没有办法，在答应这事之前我必须看清他们的全部面目，绝无功利之心的传说我不会相信。最终我算是明白了他们与上述出版人在某些方面确有不同，私欲固然是有的，譬如发誓要成为不入俗流的出版家，把同行们往往排列第二的追求打破秩序放在首位，尝试着出版一套既是典藏也是桥梁的书，为此已准备好了经受些许财经的风险。我告诉他们，风险不止于此，出版者还得准备接受来自作者的误会，这计划在实施的过程中不免会遇到一些未曾预料的问题。由于主办方的不同，相同的一件事如果让政府和作协来做，不知道会容易多少倍。

事实上接受这项工作对我而言，简单得就好比将多年前已备好的课复诵一遍，依照尚书房的原始设计，一是把新时期以来中国作家被翻译到国外的，重要和发生影响的长篇以下的小说，以母语的形式再次集中出版，作为中国当代文学的经典收藏；二是精选这些作家尚未出境的新作，出版之后推荐给国外的翻译家和出版家。入选作家的年龄不限，年代不限，在国内文学圈中的排名不限，作品的风格和流派不限，陆续而分期分批地进入文库，每位作者的每本单集容量为二至三个中篇，或十个左右短篇。就我过去的阅读积累，我可以闭上眼睛念出一大片在国内外已被认知的作品和它们的作者的名字，以及这些作者还未被翻译的21世纪的新作。

有了这个文库，除去为国内的文学读者提供怀旧、收藏和跟踪阅读的机会，也的确还能为世界文学的交流起到一定的媒介作用，尤其国外的翻译出版者，可以省去很多在汪洋大海中盲目打捞的精力和时间。为此我向这个大型文库的编委会提议，在编辑出版家外增加国内的著名作家、著名翻译家，以及国外的汉学家、翻译家和出版家，希望大家共同关心和参与文库的遴选工作，荟萃各方专家的智慧，尽可能少地遗漏一些重要的作家和作品，这方法自然比所谓的慧眼独具要科学和公正得多。

当然遗漏总会有的，但那或许是因为其他障碍所致，譬如出版社的版权专有，作家的版税标准，等等。为了实现文库的预期目的，那些障碍在全书的编辑出版过程中，尚书房会力所能及地逐步解决，在此我对他们的倾情付出表示敬意。

2016 年 5 月 7 日写于竹影居

目录

绝　士

民歌：有一个久远的传说，古老的石头会唱歌。

院内，摆着七口黑色的棺材。

高渐离站在越如的院内，一步也挠不动了。瓷住了一样。她（请注意作者用的这个第三人称的“她”，作者以现代汉语记叙这个数千年前的故事时，人物一概根据至今在易水河畔的传说）被眼前这惨烈的场面惊得呆了。越如一家七口被人杀死在院中。血已经凝固成黑黑的颜色。越如倒毙在院中的石凳旁。他的眼睛还没有闭上。他最后的目光是僵直的，恐惧的。脸上的肌肉好像突然被蛇咬了一样。僵硬地扭曲着。他一定是受了什么惊吓。高渐离想着。

雾在上升，更浓密了，已经十分的不透明了。院子里的七具死尸似乎在这不透风的雾气里漂浮，高渐离感觉到了一种可怕的包围，呼吸也有些急促起来。她的思绪在白白茫茫的雾气中跳动。

落叶在雾中沉沉地飘着。高渐离眉头紧锁，定定地看着越如。是谁干的呢？高渐离努力让思索冲出这雾气的包围。她知道越如三个月之前已经向秦王奏明他不想再做密报了。他已经做了二十年，他紧张了二十年的神经有些累了。任何一种职业，如果尽心尽力地做上二十年，也会疲惫的，也会把你最初的兴趣磨洗得失去了原色。何况这种冷酷的像影子一样不舍昼夜盯着目标的密报职业呢！秦王政已经同意了越如退出的请求。可是为什么越如刚刚到了赵国，就出现了这种残酷的事情？高渐离缓缓地在院子里走着，她试图能发现一些线索。突然，她猛地回身，她已经感觉到了有人在院外窥视。她飞身跃出来，脚刚刚落地，剑已经拔在手中了。可是，除了雾气，还是雾气。但是高渐离知道，刚刚的确有人来过。

是谁呢？凶手？没有人回答她。只有这满天的雾气。高渐离感觉自己落进了一个大网中，像一只没有抓住老鼠反而扑进网中的猫，她茫然失措了。她缓缓回过身，她要将这七具尸体装入这七口棺木入殓。凶手什么都做好了。只把入殓的事留给了她。

（高渐离将七具尸体入殓的时候，谈歌要写的第一主人公荆轲，已经急匆匆地从南边赶来，刚刚要渡过黄河。这两个人物曾在一年前萍水相遇，结为知己。三天后他们两个要相逢在

去燕下都的官道上。而这一次会面竟是注定他们命运的一次会面）

黄河的涛声奔马一般扑上来，然后粉粉地摔碎在岸上。荆轲就是这样感觉黄河的涛声的。

荆轲牵着一匹白马，站在黄河岸上，喊过一个年轻的艄公。艄公把小船摆过来，荆轲牵马上船，年轻的艄公打量了一下这个跟他年纪相仿的汉子。这个汉子两条粗重的眉毛给艄公留下了很深的印象。荆轲没有注意艄公在观察他，荆轲目光稳稳地盯着黄色的河水。他知道，过了黄河，就走进赵国的地界了。小船像一只灵巧的水鸟，在河上悠悠地行进。荆轲坐在船头，他觉得十分扫兴，他很想看看黄河奔流的样子，可是白雾茫茫，他只能听到雾中的涛声。艄公似乎看透了荆轲的心思，笑着说了句什么。荆轲没有听清，也没有再问。小船终于穿过黄河，荆轲回头看，白白茫茫的雾气已经在河面上更加猛烈地升腾起来了。他把钱付给那个年轻的艄公，牵马跃上湿漉漉的河岸，向北走去，道路已经被雾气蒙罩得近乎消失了。太阳像一只没有煮熟的鸡蛋黄，在雾中向西天沉沉地坠落。天即黄昏，或者说，不管天是否黄昏，路程也是不能再快了。雾气越来越厚。荆轲感觉自己的衣服全被雾气蒙湿了。内心也雾蒙蒙的。雾能渗透到心里吗？他突然产生了这样一个怪怪的念头。

他策马进了原阳城时，太阳彻底消失了。城里的雾显得薄了一些。街上已经冷落了。空空的街巷中，已经没有生意。街两旁，闪动着许多如豆的灯火，有微弱的光漫在街上，在街中的石板上流溢。他寻了一个客栈住下了。店家是个非常和气的老汉。把一壶热酒和几碟小菜端进客房，跟荆轲唠叨了几句，就知趣地退出了。

荆轲吃了几杯热酒，困乏便像潮水一样涌上身来，他衣服也没有脱，就倒头睡过去了。乱乱地做了几个梦，蒙蒙眬眬中，他听到了雨声。他翻身坐起，果然雨正落得急切。幽幽的凉风从窗子缝中扑进来。他呆呆地坐在窗边，困意一点也没有了。他细细碎碎地想着心事。他摸摸枕边的剑，情绪又沉浸在对韩起去世的悲伤中了。他刚刚跟韩起学了几个月的剑，韩起竟然猛然去世了。一代剑侠走了，带走了那绝世的剑法。留下了一个无人可以替补的空白。

荆轲想起了在卫国做小吏的父亲。做了几十年小吏的父亲，什么也没有给荆轲三兄弟留下。大哥没有读书，而去经商了。二哥侍奉着年迈的母亲。荆轲却走上了一条念书人的道路，当他突然想起自己应该丢掉这条王路的时候，他已经二十六岁了。他结识了韩起。他不曾想到，卫国剑王中的第一高手韩起竟是父亲的旧交。他到现在仍然奇怪，父亲为什么从未提起过这位赫赫有名的剑侠呢？而韩起提到荆轲的父亲时，竟有一种莫名的激动。荆轲一直茫然不解。现在韩起死了，这个谜便永远解不开了。

雨似乎停了。荆轲信步走出房门，雾已经散尽，但见一弯新月在云层中躲躲闪闪着。院中一棵老槐肥影，舒展地横斜在湿湿的地上。空气湿得沉涩。街上的敲更声时远时近。荆轲一时心静如水。他猜想着自己把韩起这柄剑交到燕国那个叫田光的人手中时，田光会是什么表情呢？

是啊！那个当年剑气纵横的田光是个什么样子呢？荆轲想。

（当年站在夜色中的那个荆轲应该是个什么样子的呢？谈歌常常想）

天终于晴了。一连几天的秋雨，中山去燕下都的官道上很是清爽。时令已过中秋，天高气爽。高渐离心情开阔得像一片收割后的田野。她背着一柄剑，马上还有一张酱紫色的筑。太阳已经偏了，她算计了一下，到燕下都要很晚了。她紧策了几鞭，身下的那匹黑色坐骑便箭一样飞跑起来。

高渐离剑客装扮。一身青色短衣，脚上一双牛皮轻靴。路上有行人看她，不由得心里赞叹一句：好一个英俊的后生！而没人能看出，这一潇洒男装的高渐离，却是女儿身。

〔谈歌的小说写到这里时，继续向读者交代关于高渐离的性别。史书上记载的高渐离并没有说明其性别，而在古燕下都（今易县）的传说里，高渐离的的确确是一个女扮男装的侠士。谈歌曾经到易县采风，当地一些颇知道许多掌故的老人几乎异口同声地告诉他，高渐离是一个女子，而且是一个剑法奇绝的女子。当历史并没有记下高渐离的身世时，谈歌只能相信这些传说了。当地一位搞三套集成的民间文学作家恳切地对他讲，你如果写小说，一定要写高渐离是一个女人，高渐离怎么会是个男的呢？这位作家对谈歌说这话时，目光里有一种神奇的东西，他向谈歌表述的不仅仅是一种态度，而是要求一种证明。他有些愤愤不平地盯着谈歌。谈歌答应了，谈歌知道，历史（正史）除去文字记载以外的东西，要靠民间传说来丰富。以下关于高渐离的故事，完全是按照流传在易县的故事记录的。如今易水已经干涸，而传说却依旧鲜活如初〕

高渐离自幼入剑门，做了剑士，学得一身武功。后又遇到琴师迟玉子，学得了一手好筑。那一年，她在咸阳访友，被师兄师诠引进秦宫击筑，秦王看中了击得一手好筑的高渐离，她由此做到秦王的密报，划归到师诠这一密门下，至今已经五年了。她这次到燕，是执行秦王的命令，密访燕国的军情。她也是来会另一个同门密报，张久。那个能够很熟练地从一只狗身上剥下一张皮子来的张久。至今，高渐离还没有见到过一个能够像张久那样技艺娴熟的屠夫。娴熟的技艺让人相信他甚至能从一只狗身上剥下两张狗皮来的。

密报的上峰是密门，密门直接为秦王政管辖。秦王手下到底有多少密门？也许只有秦王知道。各密门之间是从不往来的。高渐离只知道师诠这一密门中，有近二十名密报。

已经在师诠手下做了十年密报的张久，是高渐离的挚友，高渐离十分喜欢吃张久烹调的狗肉。密报都有自己公开的职业。如师诠是牲口贩子，越如是江湖流医，高渐离是琴师。张久却是屠夫，他的屠宰技术曾在许多诸侯国留下了盛誉。谁能想到诸如这些牲口贩子、流医、琴师、屠夫之流，竟是常年奔走在各国，暗暗为秦国提供着军事和经济情报呢？今年，高渐离得知，共有六个密报向密门师诠提请退出的要求。师诠呈报秦王，都得到了批准。但是这六个人有五个人先后被人杀死。现在只剩下了一个张久。高渐离心悚，张久一定是下一个了。想到能够杀狗的张久也会让人像狗一样杀掉，高渐离一阵心寒。她知道秦王的性格，如果想除掉那一个人，秦王是绝不会放过这个人的。越如的被害，使高渐离已经看出这些退出的密报都不会有好结果的，秦王不喜欢这些人把秘密带到民间。也许一些职业只能跟定你的终生。好比说瓦罐只能在井上摔破，但是谁把这些人杀死的呢？这些密报，都是武功绝顶的高手，绝不会轻易被谁取走性命的。更何况这些人都是被人当面杀死的。杀他们的人会是谁呢？依照越如的身手，若非顶尖的高手，是绝难近身的，或者说，是他非常熟悉的一个人，趁其不备？高渐离想到了一个人，师诠。她不禁打了一个冷战。她眼前显出师诠那一张永远微笑的脸。会是他吗?

(凡举谈歌能读到的任何一部关于荆轲或者高渐离的文字记载中，都没有师诠这个名字。而师诠这个名字至今在易县广为流传。传说他与高渐离同门学艺，是高渐离的师兄。师诠的剑法是当时绝顶的一流高手，师诠的名字随着荆轲的故事在易县流传至今。谈歌相信有这个人)

师诠这一密门中，也只有师诠知道高渐离是女儿身。因为师诠曾与她同门学艺五年，五年的同门学剑，足够使一男一女发生一些很让人熟悉的故事。师诠渐渐对高渐离就有了一片很痴的恋情。但是高渐离对师诠总是犹犹豫豫。师傅临终前，曾对她提及此事，高渐离仍是没有承诺。高渐离自觉对不住师傅，但心中对师诠终是热烈不起来。她总感觉师诠的身上有一种不可捉摸不可亲近的东西。

一年前，高渐离去齐国探访军务，师诠也一路相随。中途，师诠向高渐离表达了内心的爱慕。高渐离委婉地拒绝了。师诠很是悲凉，只好半路离开了。高渐离有些痛苦，她不知道怎样才能不使师诠受到伤害。她思前想后，当她几乎要决定嫁给师诠的时候，她碰到了荆轲。她不明白自己为什么会突然那么强烈地爱上了荆轲。她常常想，也许真是命中的安排。

那一次，高渐离未到齐国，先在楚地重游。高渐离邀了在楚国作密报的张久去市上饮酒，张久带来一个有一双粗重眉毛的汉子，张久给高渐离介绍这个汉子是剑客韩起的弟子荆轲。高渐离想了解一下韩起的剑法，便提出与荆轲比剑。荆轲竟没有推辞。两个人便在席间较量。只过了几招，高渐离便知道荆轲远不是自己的对手，她发现荆轲的剑法只是刚刚入门，没有一点防守的意识，招招却都是致命的攻击。最后，高渐离逼得荆轲扔了剑。荆轲高声喊道："败了。败了。"哈哈大笑，却没有一点沮丧。高渐离感觉此人天性开朗。高渐离笑道："荆先生，恕我直言，你的剑法粗陋，也只是刚刚破门，还远未登堂入室呢!"荆轲笑道："我学诗不成，半途学剑，岂能学得精深？大概此生不会有何长进了。"

后来张久请二人饮酒。高渐离与荆轲谈天，想不到荆轲竟是满腹诗书，而且还精通音律。一番阔谈之后，高渐离觉得跟荆轲相见恨晚。那天，三人饮得大醉，高渐离击筑，荆轲高歌，很是畅快。高渐离邀荆轲到齐国住几日，荆轲便同去了。在齐国盘留几日，高渐离竟暗暗喜欢上了荆轲。后来荆轲南去。高渐离洒泪相别，直送出几十里才依依分手。

太阳正要落山。西天一片晕晕的女儿红，路上行人渐少，高渐离正在急驰，路边闪出一个骑白马的汉子，高喊了一声："可是渐离弟？"

高渐离猛地把马带住，定目去看，心一下激跳起来。正是荆轲。那张白润的脸上，泛着暖意，背上有一柄剑，紫色剑鞘，在夕阳下泛着古朴的光泽。荆轲跳下马来，向高渐离拱手施礼。

高渐离飞身下马，深施一揖，高兴地笑道：“兄长，你如何赶到了这里？我不会是做梦吧？”

荆轲笑道：“受人之托，到燕去找田光义士。不承想在这里遇到了贤弟。”

高渐离目光中露出几许依恋。低声叹道：“我与兄长分手已经一年有余，真是无时无刻不思念兄长啊！”高渐离说这话时，感觉自已的脸发烫。她听到自已的声音像细风穿过树叶一样轻盈。

荆轲摇头笑道：“贤弟如何做女儿状态？”

高渐离一怔，朗声笑了，心中却是一阵忧伤。她突然想起了师诠，她知道自已一定要在这两个男人之间选择了。而荆轲至今还不知道她是女儿身呢！

高渐离瞄瞄荆轲背上的剑，笑道：“兄长何时得这样一柄剑？我观此鞘不俗，定是一把好剑。”

荆轲点头：“贤弟好目力，此剑是韩起先生的剑。”

高渐离一愣：“韩老先生故去了？”

荆轲惊讶：“贤弟如何得知？”

高渐离忧伤地说：“韩起剑不离身。若剑在兄长这里，他人一定是没有了。”

荆轲粗眉皱起，长叹一声：“是的。韩起先生临终前托我一件事，让我把这柄剑交给田光先生。我正是为此事而来。”

高渐离点头：“我知道韩先生生前想与田光一决高下，现在韩先生撒手西去，真是遗恨了啊！”

荆轲叹口气：“人生苦短，何必无谓争斗，计较一日之短长！”

高渐离看看荆轲：“兄长说得极是，武学残酷，比不得诗书。”

荆轲转了话题，问：“可见过张久兄？”

高渐离摇头：“我也久不见他了。兄长可是馋他的狗肉了？”

荆轲笑起来：“张久兄的狗肉，渐离弟的筑，我得之一便足矣！”

高渐离叹道：“可惜不知道张久现在哪里。”想到张久或许已经不在人间了，她心中一阵凄然。越如一家惨死的景象，又在她眼前晃动。

荆轲笑道：“你怎么不知？张久兄在燕下都啊！”

高渐离一愣：“当真？”

荆轲笑道：“我此次正是要会他的，不期遇上了贤弟。”

高渐离大喜。她是真的大喜。张久现在活着。

疲惫的夕阳沉沉地向西天滑去。高渐离笑道：“前边就是燕下都了，我们加快些步子，天黑之前赶到那里便是。”

夕阳缓缓地沉下去，火烧云使着性子在西天散开。田光披一身夕阳红，进了燕下都城门。城门官朝他笑笑：“田先生回来了。”田光挥挥手，没有下马，就直奔家中。

进了一条巷子，到了自己的家门，田光跳下马来，突然感到一阵疲惫。他心里慨然：“我果然真是老了！”他把马交给了门人，进了院子。

管家田举正在院中击筑，悠扬的筑声在黄昏中十分动听。他看到田光进来，忙放下筑起身道一声：“老爷回来了？”就吩咐下人备酒菜。

田光走进屋子，坐下，田举已经把一壶酒烫在案上了。不一刻，厨师端上几道菜来。田举在一旁侍立。田光笑道：“你去演琴罢。有事我喊你便是。”田举笑笑，便退下去了。

田光喝罢几樽闷酒，感觉心中更加惆怅。他推开窗子，望着一天的银月，田举的筑声清新而辽远。田光知道田举是用琴声为自己解忧。田光心情却一点也好不起来。他原在燕下都隐姓埋名过了十几年了，不期被燕太傅鞠武举荐给了太子丹。太子丹礼贤下士，田光只能出世。太子丹与他曾彻夜长谈，要报在秦七年的“质子”之仇。田光便到处为太子举荐武士。但凡举一百，可用者不过二三。他刚刚到北方去了些日子，也是去给燕丹寻找猛士的。不料竟是空空而归。他暗暗叹息，天下确实要归到秦的手里了！田光信步走到院中，仰头看看天空，银河灿烂，夜色如洗。他刚刚要备马去太子丹那里，门人就进来报告说："先生，有卫国来的荆轲先生和高渐离先生求见。"

田光一怔："请他们进来。"便踅身回到客房。

荆轲和高渐离走进来。田光让座。主客坐定，田光打量他们一眼，笑道："二位从何处来？"

荆轲拱手道："我是卫人荆轲。"

高渐离拱手："我是江湖琴师高渐离。"

田光猛然盯住高渐离，笑道："莫非是那一支剑用得神出鬼没，一张筑奏得举座皆惊的高渐离？久闻了。"

一旁侍奉的田举惊讶道："高渐离？"

田光笑道："我这位管家也喜欢击筑，日后还请高先生多多指教。"

田举向高渐离深施一礼："还请高先生点拨。"

高渐离摇头笑了："蒙江湖朋友错爱，渐离浪得虚名。怎么敢为人师表？先生莫要取笑渐离，渐离还要向管家请教呢！"

田光拱手："不知道二位找田某何事？"

荆轲解下背上的剑："田先生，韩起先生把这柄剑交与您。"就俯身把剑递过去。

田光脸色大变："韩起他……"

荆轲点头道："先生一定猜中，韩先生三个月前已经故去了。"

田光脸上一片哀痛，他颤颤地接过剑。叹道："韩起兄，你如何这样性急地走了？"他拔剑出鞘，那剑光一闪，寒气满了房间。田光两行老泪滴落下来。

荆轲道："韩先生临终嘱咐，他来生一定与田先生切磋剑艺。"

田光怔怔地看着荆轲，哈哈笑了，笑声震动，两行老泪流得更急。

田光突然收住笑，挥手擦去眼泪，问荆轲："荆轲先生，你是韩起什么人？是他的徒儿吗？"

荆轲摇头："不敢。韩先生一生不曾收徒。我虚得弟子之名，并未学到韩先生的一招二式。"

田光点头："是了，韩起从不收徒的。但他若能视你为弟子，你必有过人之处。他若肯将此剑交与你，你一定非寻常之人了。我观你面色不凡。"

荆轲摇头："先生看走眼了。荆轲实在平常得很。韩先生喜读诗论经，我只是一个读书人，投其所好，错得韩先生抬爱。"

田光看着荆轲，目光中露出几许惋惜，转过身问高渐离："高先生到燕，可有什么打算？"

高渐离笑道：“我听说燕地音律粗犷刚猛，此次来燕是想学习些技艺。”说罢，就朝一旁侍立的田举笑笑。

田光笑道：“久闻高先生武艺过人，燕太子丹正在招募勇士，高先生若有意思，我可以引见。”

高渐离笑道：“多谢先生，我闲云野鹤惯了。受不得抬举。”

荆轲看看高渐离，就对田光讲：“告辞了。”

田光送他二人出了院子。田光看着高渐离，目光中闪出一些兴奋。

月亮圆圆地升上来了，像一面银色的风筝。

田光回头对田举道：“牵马，我去太子府上。”

月光下，一只狗已经被吊死在院中的木桩上。张久正在精心剥这只狗。他做得很专心，算计着这张狗皮能换回多少菜蔬。狗皮在他手中熟练地游走，皮肉相离的声音，在张久听来，十分快乐。他忍不住想唱一支小曲。这时就听到身后有人大笑。他一回头，也哈哈笑了，就扔了屠刀，撩起衣襟擦擦手，过来跟高渐离和荆轲施礼。

高渐离握住张久的手：“张久兄，近来可好？”她的话充满了复杂的情感。张久笑笑：“多谢渐离兄弟了。我还过得去。你们是如何寻到这里的？”

荆轲笑道：“偌大的燕下都，谁人不知道屠狗的高手张久呢！今日真是撞上了好日子，适逢张久兄屠狗。我们正好打打牙祭了。不知有无好酒?”

高渐离笑道：“荆轲兄恁地嘴馋，喘息未定，竟是先张罗吃喝了。”

张久哈哈笑了：“果然还有一些好酒。二位稍候片刻。”

张久就割下几块狗肉，放在釜中。又抱了一些干柴，燃起。不一刻，釜中便沸起一院子的肉香，张久到屋里抱出一坛酒来。荆轲笑道：“真要再快些，我喉中已经伸出手了。”高渐离和张久笑了。张久刚刚夹出一块肉来，荆轲抢先伸手撕下一块大嚼。高渐离被荆轲吃得呆住。张久大笑。

月上中天，三个人已经喝得微微醉了。荆轲晃晃着站起，笑道：“走了一天，真是困了。你们若坐就坐，我先去躺了。”就进了屋子。

月光清冷，高渐离看着张久，她仍能感觉出张久目光中有一种惊魂不定的东西在闪动。她低声叹道：“张兄，如何到了这里?”

张久沉沉他说：“渐离，不敢瞒你，我这些日子东躲西藏，已经连连被人追杀，只好亡命到燕。我不承想秦王会下这样的毒手。现在越如不知怎样了?”

高渐离就落下泪来：“越如兄已经被杀了。”

张久怔住，仰天长叹：“为何如此?”

高渐离擦了一把泪：“兔死狐悲。我心中惶惶然，也已经是不可终日了。兄长可做过何种打算？”

张久摇头：“若是仇人要我死，我还能躲避，回击。若是秦王要我死，便是恢恢天网了。我又能有何种打算？我图自保，又何能自保？好了，生死有命，不提也罢。夜已经深了，贤弟早些歇息吧。”

高渐离看着张久，月光下，张久一张木木的脸惨白如雪，竟是没有一点生气了。

夜里秋风萧瑟起来，太子丹后园的杨柳榆槐落叶纷纷，搅得人心纷乱。太子丹今天把樊於期、鞠武、秦舞阳三人找来，商议对秦之策。四个人已经在后园坐了两个多时辰，却思考不出好计。四人闷闷相对，石案上的一壶茶早已经冷了。几片枯叶卷上石案，在石案上瑟瑟地抖动。太子丹一脸焦躁，手指在石案上轻轻敲打。秦舞阳偷眼看看太子丹，心中甚是慨然。他曾经向太子丹求战，但太子丹不许。秦舞阳有些焦躁地搓着腰中的剑，弄出一些细碎的声响。

太子丹看了一眼秦舞阳，苦笑了。秦舞阳原是城内的一个练武的少年，后来太子丹看他是个可造就之材，便把他引进宫中。让他专心习武。几年过去，秦舞阳已经是武功超群了。前几日，樊於期曾同他交手，秦舞阳竟在十招之内迫得樊於期丢剑。但是，太子丹明白，若派秦舞阳带人去咸阳杀秦王，仍是没有把握。太子丹心事重重地看着园中渐渐败落的树木，他一阵惶然，谁能知道是哪一棵树上的叶子先落下来呢？如同他和秦王，谁能知道谁先死去呢？

一个威武的卫士来报：“太子，田光先生求见。”

太子丹大喜：“快快让他进来。”

一阵脚步响，四人同时抬头看，见一个老者踩着月光，大步进了后园，正是田光。田光走近前，拱手施礼道：“太子，我回来了。”

太子丹皱着的眉头舒展了，竟来不及寒暄，就忙问道：“田先生，可曾找到刚猛之士？”

田光叹道：“田光无能，此次寻访月余，没有完成太子的使命。”

鞠武摇头叹道：“现在天下可供人驱使的侠士已经不多见了。这已经在我预料之中。田光先生，这非你之过啊！”

身材高大的樊於期长叹一声，起身在园中走动，焦躁得像一只被困在笼中的豹子。他自从叛秦到燕之后，无时无刻不想回秦报仇，自己和长安君两家数百口人，已经被秦王屠门。日夜想起，撕心裂胆。眼看秦国的力量一天天强大，各国诸侯在秦国的进攻下，地盘一天天缩小，报仇之事，愈加遥遥无期。樊於期近乎绝望了。

田光看着太子丹。太子丹没有说话，抬着头望天。一朵黑云正在急急地向中天驰去，月亮被掩住了，只听得树梢在风中划动着黑暗。

院中黑下来，园中一时很静，彼此能听到呼吸声。太子丹闷闷地喊人掌上了灯火。

田光看看太子丹：“太子，天助大燕。我刚刚在家中见到了一位英雄，可为太子所用。”

太子丹一怔：“哦？”灯火一跳，扑上他的脸，他的脸颤动了一下。

鞠武和秦舞阳被田光的话吸引了。樊於期也停住脚，静静地听田光要说什么。田光笑道：“我观此人可堪大用。”就讲了高渐离。

太子丹急问：“那高渐离武艺如何？”

田光笑道：“依我观察，此人在燕国还无敌手。”

樊於期惊道：“竟有如此高手？”

一旁秦舞阳嘿嘿冷笑：“田先生此话过了些吧？”

田光看看秦舞阳，笑道：“秦将军莫要性急，你怕真不是那高渐离的对手呢！”

秦舞阳两眼登时要冒出火来，恶声道：“田先生。你是如何看秦舞阳的？我今日去会会他。”说罢，转身就要走。

太子丹喊住秦舞阳，皱眉道：“田先生，你不便用话激舞阳。舞阳心高气盛，怕是要与那高渐离去比试的。两虎相争，必有一伤。”

鞠武笑了：“田先生怕正要让舞阳将军与那高渐离比试的。真金若不用火炼，岂知是不是真金呢?”

田光被鞠武说破，笑了。就对秦舞阳道：“舞阳将军莫要心急，我明日带你去会那高渐离便是。”

鞠武想了想，对太子丹说：“太子，田先生刚刚讲这高渐离，太子见或者是不见呢?目前天下纷乱，沽名钓誉者也多，舞阳明天去试一下也好。”

太子丹点头，就抬头看天，夜色已深，空气中有了风在撕咬黑夜的声音。太子丹对田光笑道：“也好，明日就烦先生带秦舞阳去会一会这个高渐离。於期将军，我们回去吧!”太子丹同樊於期走出园子。

鞠武沉思不语。秦舞阳在园中走来走去，他已经有些按捺不住。

田光目送着太子出园，他感觉太子的态度隐隐有些失望。他笑笑，走到园中的莲花池边。池边残杨枯柳，落叶飘飘，一片萧疏之声。一池荷花，早已败了。池内风涌水皱，几片败荷时而卷起，生猛地在池中窜动。

鞠武不禁颤声叫道：“田先生，太子杀心已不可夺。他要报七年的质子恨啊！我担心只怕是燕要招来大祸啊!”

田光一动不动。秦舞阳木木怔怔地看着他。

荆轲一觉醒来，太阳已经照进屋子。他起身来到院子里，见张久正在霍霍磨刀，又一只狗已经吊在木桩上，目光惊恐地看着张久。高渐离刚刚练完了剑。二人看荆轲起来了，高渐离就笑道："兄长昨夜睡得可好?"

荆轲不好意思地一笑："我这些日子果然贪睡了。很想出去走走，看一看燕市的风光。"

张久磨完了刀，眯起眼睛看看刀刃，呼呼吹了几口气。刀刃发出脆脆的声响。那狗发出一声长长的哀号。张久把刀剁在案上，对高渐离和荆轲说："今日正好是集日，我也歇手，带二位去燕市走走。"

高渐离点头："正好去散散心。这些日子真是闷极了。"

荆轲笑道："早闻燕市酒香，今日正好一饮。"

张久笑道："贤弟今日可得一醉，不知道贤弟现在酒量如何?"

荆轲摇头："或者世间只有这酒说不清楚。闲淡时，几罐酒便可打住。如性情激越时，那便是不好计算了。"

高渐离笑道："我至今也说不明白豪饮与贪杯如何区别。"说罢，她背起筑笑道："今日兄若饮到激越处，我便为兄击筑助兴。"

荆轲大笑，前头走了。

张久的住处距离燕市很近。三人走了片刻，便到了市上。

燕市上果然繁华。各种叫卖声充塞于耳。热闹处摩肩接踵。高渐离道："不想还有此太平世界。"张久摇头笑道："秦王大兵即要压境，怕就要燕无宁日了啊！"荆轲似乎没有听到二人议论，只是左右看着。张久笑道："荆轲老弟怕是饿极了。我们还是快些找一家酒肆坐下才好。"

三人寻到一个露天酒肆，一顶席棚搭在街旁，几张枣木案子擦得水亮。张久踏进席棚，酒家便迎上来。酒家跟张久熟得很，打过招呼，便端出几坛酒，又切得几盘狗肉端上。三个席地坐下，张久端起一樽酒："二位，请。"

荆轲干了几觥酒，摇头晃脑地笑道："果然好酒，不负此行了。"

张久大笑："荆轲兄如果留意此物，便可在此长住了。"

荆轲仔细思索了一下："如此开一个酒坊最好。"

高渐离大笑："兄长果然贪恋燕酒与狗肉，竟是不思归了。"

三个人说笑着。荆轲喝得多，说得也多。张久喝得少说得多。高渐离喝得少，说得也少。高渐离只听荆轲讲各国的趣事，她心中暗惊，荆轲竟是各国的事情知道得甚多。荆轲甚至讲到了秦国的叛将樊於期。高渐离不禁惊叹："荆轲兄，你胸中竟是天下啊！"荆轲笑道："现在却是酒与狗肉满腹了！"

转眼，十几坛酒已经见底。太阳醉了一般软软地西斜。

高渐离已经喝得面色潮红，看看荆轲，笑道："兄长，我看我们应该走了。”

风儿也醉了一般悠悠晃晃地一阵阵卷过来，荆轲笑道：“你我饮到佳境，你如何赶我走？张久兄，你说渐离弟是不是煞风景了。”

张久已经东摇西晃了，含混地笑道：“荆轲……弟，今日你……便畅……饮。酒……钱我……付账了。”

荆轲饮意正浓，又连连饮了几觥，醉眼盯着高渐离：“贤弟，你看我如何？我是否已饮到激越的境界？你何不击筑助兴？”

高渐离放声笑了，就将筑解下，放到地上，弹奏起来，筑声欢快地响起。荆轲大笑：“人生有此光景。真是快事。”就一觥一觥地饮。再饮得几觥下去，高渐离的筑声已经变得激越。邻桌的酒客听得呆住，轰出几声彩来。荆轲不禁豪气大振，起身手舞足蹈，和着高渐离的筑声高声唱道：

“把酒于市兮，
志在四方兮，
安得大鹏兮，
举翅飞翔兮。
天子九歌兮……”

高渐离听得仰天大笑，回头看张久，张久已经醉成一堆泥了，正在呼呼大睡。

歌声引得行人纷纷驻足。众人涌上来，酒肆被围得水泄不通。众人将仰首长歌的荆轲看定。荆轲唱罢，摇摇晃晃地站起来，手执着大觥直去店家的酒缸里舀酒，又饮下去。围观者已有人直了眼睛。

喝彩声连连爆起。

酒家笑道："这位先生，如此豪饮，恁地好酒量，今日这酒钱就算在我酒肆的账上了。我这酒肆开了些年，今日真让人开了眼界。"就喊伙计再搬出十坛酒来。

荆轲拱手大笑："多谢酒家了。"

酒家不曾答话，就听得一片乱。酒家回头看，变了脸色。忙转身迎过去。

一个剑士模样的少年大步走过来。众人惊了脸，呼地闪开。酒家一愣，满脸堆出笑来，迎上去："秦将军，可来饮酒?"

少年伸手一推，店家便跌了出去。少年看也不看，直奔荆轲三个人来了。

少年在三个人面前站定，虎声喝问："哪一个是高渐离?"

荆轲看看少年，笑了："你是否来找高渐离喝酒?"问罢，就双手端起伙计刚刚端出来的一只酒坛仰头痛饮。少年看得皱眉。

高渐离放下筑，起身看看少年，淡淡道："如果我没有猜错，你是秦舞阳将军了。"

少年点头："正是。我今天找你比比剑法。"

高渐离摇头："我今天没有兴趣。"

秦舞阳冷笑一声："那由不得你了。"

高渐离摇头皱眉："此话生硬。"

秦舞阳已经不再说话，他的右手握住了剑柄，剑抽出，发出淡青色的光，光芒并不强烈，却使空气中多了几分肃杀。众人一时抽紧了心，发一声喊，四下退出几步，一个空场便闪出来。人们定目去看秦舞阳的剑，心便寒得战了。

这是一柄杀人无数的剑，本身就溢满了杀气，凄冽无比无坚不摧的杀气在剑上阴阴地游走。已经西坠的阳光射在剑上，骇得人眼的。疲惫的阳光突然也灿烂起来，人们似乎能听到阳光在剑上毕毕剥剥跳动的声响。

秦舞阳沉声啸道："高渐离，你如何不拔剑？"

高渐离面色十分凝重，她摇摇头："我的剑是从不给人看的。你看到的时候，你已经成了死人。"

秦舞阳冷笑一声，挥剑奔上来。淡青色的光芒已经闪动，剑气纵横，似卷起漫天的彩云与夕照，裹住了高渐离。

高渐离立刻飘起，如青云般飘起。没有人能形容她这一跃的美姿，简直是一名舞者在做飞天的舞蹈。秦舞阳的剑落空了。他奇怪自己这一剑如何会落空。他虎目圆睁，转身去看，高渐离正在他身后微微发笑。

秦舞阳大喝一声，剑又飞起。剑意萧萧，剑式更加细密。如边塞的蒙蒙细雨，不透风声。而只此一刻，秦舞阳的剑法已经大变，已经不再是萧疏的秋风，而是暴发的山洪，奔流的大河。好猛的剑！如狂风暴雨，如闪电霹雳。高渐离却像一匹飘舞的绸缎，在风中舒舒地展开。神秘而潇洒的高渐离啊！像一支舒缓的乐曲。

荆轲长叹一声，他知道秦舞阳已经败了。

众人瞠目之间，云散风收，电逝雷止。一切都结束了。

秦舞阳已经一动不动。高渐离的剑已出鞘，剑出鞘时，剑已经指秦舞阳的咽喉处。

众人一片死静。

荆轲只是吃肉饮酒，好像对这二人的打斗并无兴趣。

密密围观的人群中有人突然暴喊一句："杀了他。"

高渐离此时完全是一个杀人如麻的剑客了。作为琴师的高渐离已经无影无踪了。她鹰一样凶毒的目光盯着秦舞阳。秦舞阳目光已经无力，似秋风中的败草。

突然，高渐离目光一软，剑就撤了下来。

秦舞阳一动不动。高渐离又是一个击筑唱歌的乐师了。她微微一笑，软软地说："你走吧。"说罢，她回身坐下来，与荆轲继续喝酒。一旁睡着的张久似乎醒了，懵懵地问：“发生了什么……事？”

秦舞阳目光僵直地盯着高渐离，他脸上的肌肉大颤起来，突然，他反手一剑，挥向自己的咽喉。

可是他的剑被高渐离击落了。高渐离用一只觥击中了他。荆轲醉眼迷离地望着天，仿佛自言自语地说：“事已至此，你如何还要杀人呢？”

秦舞阳咬牙看着荆轲：“我没有杀别人，我杀的是自己。”

荆轲起身，哈哈笑了：“你难道不是人吗？”

秦舞阳木然怔住。

荆轲长叹一声：“既已错了，何必再错？心已死了，人何必死？旧恨已多，何添新仇？血不必流，何必要流？”

秦舞阳的目光孩子一般弱下来。

荆轲晃晃着站起来：“人已醉过，何必再留？此时不散，更等何时？渐离弟，张久兄，我们如果乘兴不归，还要等着败兴而归吗？”

秦舞阳紧张的神色渐渐平息了，他低低叹了一口气：“我今日便是如此了！”不知道他是什么意思。只听出他的声音有无限凄凉之意。

秦舞阳忽地转身，大步离去了。远处一片夕阳，秦舞阳走进这一片夕阳中了，像一片匆匆飘散的云，像一只折羽飞走的鸟。

风追着望着秦舞阳的背影，荆轲似乎有些痴了。他长叹一声，问："他刚刚最后一句话是什么意思？"

高渐离还未回答，忽听一声大笑："几位先生好酒量，老夫来晚些。何不乘兴与老夫再饮若干？"

高渐离抬头看去，酒猛地醒了大半，愣愣地一声："田光先生！"

荆轲也怔了。他看到田光一身紧衣打扮，与昨天大不相同。一股剑气汹汹地逼迫过来。他感觉出田光内力的强大。这种强大，他在韩起那里见过，他突然有些明白韩起为什么临终时那么遗憾地要荆轲把剑交给田光。

田光迎上来，朗笑道："高先生果然好身手。"

高渐离摆摆手笑笑："不济不济。"

田光对高渐离说："田某今日特来寻访高先生。还请几位到府上细谈。"

高渐离和荆轲相视一笑，就看张久，张久却摆手笑道："我一个屠夫，不知礼数，就不到田先生家里去了。"说罢，哼着一支小曲高高低低地走了。

荆轲对高渐离说："贤弟，就到田先生家里一坐。"

高渐离点头笑笑，对田光道："请。"

夕阳坠进群山的怀抱，山风鼓荡，林涛涌动，褐色悄然袭上。

张久醉蒙蒙回到家中，哼着小曲推开院门，他感觉有些异样，院中似乎有人来过。他不觉一怔，酒也醒了。慌慌地进屋，翻翻柜中的衣物，果然有人来过。他闷闷地在院中的石案上坐下，心中涌起一阵悲怆。

自己为秦王做事已经十年了，今年在楚国与越如等五人约好，一同向密门辞命，而刚刚辞命两个多月，越如等五人就先后被杀死。张久也曾在楚地被几个蒙面的黑衣人追杀得失魂落魄，逃离楚地而隐居燕下都。他明白，他实在不应该向密门辞命的。他没有忘记密门临别前向他那微微的一笑。那是不动声色的一笑。半年之后，他才读懂了密门那一笑，那是暗含杀机的一笑啊！他从密门的表情上，看到了秦王。

起风了。院中的一股败叶的涩味涌过来，张久突然想起在楚国的一家人。他已经许久没有回家了，不知道现在家中是什么样子了。他很担心家人是不是会被暗害。他心酸得很，想不到自己为秦王卖命十年，竟落得这样一个下场。在密门中，他像鹰追狡兔一样杀人无数。一出密门，他竟像兔子一样惊慌地躲避着鹰。

他昨天对高渐离突然来燕，还隐隐的担心。半年来的逃亡日子，使他对密报中的任何人都有了戒备，是一种兔子对鹰的戒备。但昨天跟高渐离一席谈，却看出高渐离并无恶意。高渐离似乎还为自己担心着什么。高渐离不是鹰。但鹰总会来的。今天鹰真的来了。

风越来越狂烈了。打着口哨在院里傲慢地穿过。

他怔怔地站在院内。狂风劲吹，院子里那棵叶子已经落尽的老柳被吹得一片乱响。突然一种轻微的声音被张久捕捉到了，他意识里刚刚有了，身子已经跳起来，一步跃到屋子里，墙上的一把剑已经抓到了张久手里。再一跃，他已经站在了清冷的院中。

院外有人低低的声音笑了："张久，身法好快啊!"

张久听得耳熟，冷笑一声："果然是你，刚刚也是你来过了?"

声音淡淡道："是的。"

张久怒道："越如也是你做了?"

声音仍旧淡淡地："是的。"

张久沉默了一下，突然咆哮起来："我们做错了什么?"

声音还是淡淡的："你们不该退出密门。"

张久感觉自己心中已经恨得滴血了："我们得到了秦王的批准。"

声音越发淡了："秦王不想让你们再活下去的。"

张久怒喝一声："那你还不显身出来!"

淡淡的声音像悠远的笛声："张久，看剑。"

一道寒光准确无误地朝张久面门刺来。

拐过两条小巷，就到了田光的宅院。田光在前边引路，高渐离和荆轲就进了中堂。三个人坐下，寒暄几句，田光就直言讲了太子丹请高渐离行刺秦王之事。高渐离似乎一点也不吃惊。她笑道："两国交兵，阵上弄个明白。燕丹怎好用此阴毒之策。"

田光叹道："数国破灭，弊在惧秦，使得那秦政得逞。近年那秦政攻城略地，天下大乱，赤地一片，哀鸿遍野。可那秦王全不顾生灵野鬼。太子忧国忧民，只是不得已才动了以暴易暴之法。"

高渐离摇头："高渐离一向反对用暴。我当不得此任。我此生意在高山流水，志不在剑上杀人。"

荆轲看看高渐离，笑道："贤弟刚刚与秦舞阳打斗时，还是龙吟虎啸，如何瞬间变得温情脉脉起来?"

高渐离慨然叹道："我高渐离已非当年之高渐离。这些年来，生生死死逢得多了，便冷了心。一支剑看得淡了，一张筑看得重了。我也是闲云野鹤惯了的人，如此国家大事，高渐离万万不敢承担。再者，我也知道一些，太子所以如此恨秦，只是为了报他七年的质子之恨。恕我直言，这确是一种私愤。"

田光脸上有些沮丧，他被高渐离说中了。他木木地看着高渐离。

高渐离面无表情看着田光。田光闷了一刻，叹道：“高先生如当不得此任，谁堪此任？”他的话音里有着无限的苍凉。

荆轲笑道：“如果渐离兄弟不肯去，我荆轲愿去。”

高渐离一怔，大笑：“兄长，你一介书生，如何当得此任？”

田光也笑：“荆先生莫要意气。此事当不得玩笑。”

荆轲正色道：“我怎么会是意气用事？我想我能够杀得秦王。”

高渐离笑道：“谈何容易。我曾听说，那秦王殿前猛士如云，兄长武功虽然有一点，但终究不是行家，怎么能够近身？”

荆轲笑道：“贤弟差矣。若论武功，莫说荆轲，就是贤弟，也不是秦王殿前武士的对手。孙子云：瞒天过海，兵行诡道。若要结果秦政，只有混迹于其左右。备周意怠，常见不疑。伺机夺之，防不胜防。除此别无良策。”

田光顿醒，击掌大笑：“荆先生所言极是，似想当年要离、庆忌之流莫不如是。合该秦政命里当绝！”

高渐离呆住，看着荆轲：“如此说，兄长愿去了？”

荆轲稳稳地点头。

高渐离心下大乱，连连摇头：“兄长不可儿戏。”

荆轲正色：“国家大事，怎地儿戏？”

高渐离急道：“兄长……”

荆轲道："我意已决，贤弟不必多讲。我不敢苟同你刚才的议论，不论太子此举是否泄私愤，图报复，但秦王这些年来，征战四方，攻城略地，涂炭生灵。荆轲早已恨得心中滴血，食不甘味了。"

高渐离呆住，一句话也讲不出了。她看着荆轲近乎顽固的目光，发现自己实在是太傻了，怎么就没有想到荆轲是一个什么性格的人呢！

田光起身笑道："天色不早了，请高先生先回去歇息，我再与荆先生商议商议。今晚就留荆先生在舍下了。"

高渐离告退。田光、荆轲送她出来。高渐离叹道："田先生请回。我要与荆轲兄再谈几句。"

田光一笑，便折身回了。

清月一片，照在荆轲和高渐离脸上。荆轲笑道："贤弟，我看你有些不快。"

高渐离苦笑道："兄长，你不该答应田光先生。除秦之事，乃飞蛾投火之举，万万做不得，你不可逞一时热血……"

荆轲摆摆手："贤弟，我绝非一时肝热胆壮。我对秦政仇恨多年。现在天下大乱，皆是秦政一人所致。此人不除，天下绝无太平之日。舍得荆轲一条性命，如换得赤县安宁，我何乐不为呢？"

高渐离竟无言可答。身为密报，她忠事于秦。可她这些年对秦王的暴政，却早已经不快。荆轲的话，句句实言，不容置喙。

荆轲道："贤弟，你回去歇息吧！我今晚就同田先生商议。"说罢，朝高渐离一揖，转身回去了。

高渐离目送荆轲进了院子，她突然伤感极了。她弄不懂荆轲，他一介书生，只是刚刚粗通一些剑法，如何会对这种冒险的事情感兴趣呢？她如何才能劝荆轲回心转意呢？高渐离发现自己走进了一个难题里了。

夜已经深了，沿街的店铺已经熄了灯火，一轮银月惨惨地白在了中天。风呼呼地刮着，满街的树木被风撕咬得疯疯地乱叫。高渐离心情灰暗极了。她长叹一声，转身朝张久的宅子去了。

（此时的高渐离应该说是已经陷入极大的矛盾之中了。作为职业密报，她理应把燕太子丹的密谋急报秦国。作为荆轲的朋友，她要劝荆轲放弃此举，如果荆轲一意孤行，她也要为其保守秘密。）

一口黑色的棺材在张久的院中停放着。

高渐离一脚踏进张久的院子，就被惊得魂飞魄散。院子里一片狼藉，张久坐在院中，一脸惊恐，手中提着一柄断剑，脸上有伤口在流血，衣服已经支离破碎。

高渐离大惊，急忙搀起张久："张久兄，发生了什么？"

张久无力地点点头，张张嘴，苦笑笑，什么也没有讲。他已经讲不出话来了，凶手已经点死了他的哑穴。

高渐离看他的颈上，有一点月形的伤痕，她愤怒极了。她明白这是谁做的了。依照张久的身手，把他在一招之内击中致死的人，也只有那个人了。凶手还是留下了记号。张久一定迫使凶手留下了记号。

张久在高渐离的怀中渐渐冷却了。高渐离轻轻放下张久，似乎怕惊了他的睡梦。院门前的招牌在风口摇曳，院门上的铁环与吊子在风中响着，好像痛苦的呻吟与喘息。高渐离感觉自己的心头已经冷得似生铁了，她把细牙咬得咯咯作响。

高渐离起身拍拍那具黑色的棺材，她满眼悲泪。把张久放进去。她伏地跪倒，叩了四个头，飞身离开了张久的院子。

她在街上大步走着，她感觉自己一身的热血像发怒的河水一样奔腾着。她走进了一个客栈又一个客栈。她要寻找那个人。她知道那个人一定在燕下都。

狂风在她匆匆的步伐中，显得狂躁不安。

荆轲与田光已经谈到夜深。两个人都感觉谈话非常沉重。窗外传来狂风满街横扫的声音。荆轲怔怔地看着窗外，似有无限心事。

田光就问："不知道先生心中有何挂牵？"

荆轲皱眉道："还要给我两个借口，才好靠近秦政。"

田光问道：“不知先生还要什么东西?”

荆轲就冷了脸。田光呆呆地看他。屋内听得到二人急促的呼吸声，几乎可以听到彼此的心跳。

荆轲道：“我需要燕国的督亢图，献给秦政。”

田光眉头皱起：“这个……或者可以同太子商量。还有哪一件?”

荆轲盯住田光，目光如电：“我还须借樊将军的首级。”

屋子里一片死寂，都呆住了。清冷的月光从窗上泄进来，二人脸上皆是一片惨白。风凶凶地从窗子的缝隙中直刺进来，带着尖尖哨响。荆轲感觉到寒意渐浓了。

田光一脸凄然，摇头道：“这个怕是不妥。太子与樊将军情意深重，太子万万不会答应的。”

荆轲叹道：“我也知道此策太狠些，还望先生告诉太子，不如此，不可能靠近秦王。”

田光闷闷地想了想，起身道：“此事先不提。夜深了，荆先生先休息吧。”就喊来田举，带荆轲去休息。

荆轲起身跟着田举便走。

荆轲走到门口，若有所思，转身看一眼田光似有话说。

田光笑道：“荆先生似言犹未尽?”

荆轲点头：“此事成败，只有孤注一掷。我刚刚观察先生的神态，太子那里怕是不好说话啊!”

田光点点头，含混地说：“我明日去见太子。”

荆轲告辞，田光送他出了院子。肃杀的秋风卷地而来，满街的黄叶逃窜。

田光微微皱眉。

北风像一匹脱缰的野马，奔跑了一夜，直到黎明的时候才歇止。晴空万里，没有一丝云，神采奕奕的太阳从东山跃出。

太子丹府前，有几个侍人正在清扫着落叶。田光在府前跳下马，请门人通报太子。门人去了一刻，就出来引田光进去了。

田光进了太子丹的书房。太子正在读简。田光进来，太子丹就合上简，起身施礼。笑道：“田先生面色喜悦，可有好消息告我？”

田光笑道：“田光喜形之于色，怕真是难成大事。”

太子丹摆摆手：“一句玩笑。先生请坐。”

田光与太子丹对面坐下。

太子丹看田光的目光有些疲倦，关切地问：“先生似乎有些体弱，我可让宫中的医生为先生看看。”

田光一怔，苦笑道：“有劳太子关心，田光却是老了，不中用了。近来精神时常倦怠，正如草木临秋，节令已经到了，非药石所能逆转。医生已经不可医了。”他脸上滑过一瞥忧伤。

太子丹心中感慨，英雄末路，美人迟暮。田光当年是何等英雄！时光荏苒，可以洗磨一切啊！太子丹转移开话题，问道："田先生今天是否告诉我高渐离愿意帮我？我已经听秦舞阳讲过，高渐离武艺果然非常人可比。"

田光道："田光昨夜已经跟高渐离讲过太子的愿望，那高渐离只是不肯。"

太子丹眉头皱起，有些沮丧。

田光笑道："还有一个人，可与太子谋划。"

太子丹笑道："此人如何？先生细细道来。"

田光笑道："此人乃卫人荆轲，满腹诗书，笑傲江湖。善机变，识时务。我想太子如与他一席谈，定会如饮甘露。"田光就向太子丹推荐了荆轲。

太子丹摆手笑道："我从不与读书人相交，书生空自议论，不堪大用。"

田光摇头："太子错了。古人云，血勇者怒而面赤；脉勇者怒而面青；骨勇者怒而面白；神勇者怒而不变。那荆轲实为世间勇士，太子莫以书生相识。我观他在高渐离与秦舞阳打斗之时，面色不改，已非易事。泰山崩于前而神色不变者，大勇也。"

太子丹迟疑了一下："好吧，既然先生极力推荐，我就见见此人。"

田光点头：“正是，英雄无论出身，猛士不分相貌。太子万不可先入为主。”

太子丹点头：“先生的话，丹记下了。”

田光有些迟疑道：“荆轲还有两个要求。”

太子丹道：“讲。”

田光道：“他要用燕督亢图去献秦王，以求近身。”

太子丹沉吟片刻：“好。我应承便是。第二呢？”

田光道：“他要借樊将军人头一用。”

太子丹电击了一般，腾身站起，此话震得他脸色苍白。他咆哮了：“此人是何用意？樊将军是我的朋友，我即使不谋秦政，也不能做此义断情绝之事！”他颤抖的手指着田光发问。

田光皱眉道：“此事只是荆轲的建议。”

太子丹由于愤怒，脸上的肌肉都扭曲了。他努力压住一腔怒火，无力地摆摆手：“此事休得再提！”他停了一下，口气缓和下来，“你带他来见我。”

田光退出。

太子丹送田光出来，走了几步，似乎想起了什么，又叮嘱他一句：“刚刚我们议论的都是燕国存亡大事，望先生不可泄露。”

田光一怔，点头笑道：“那是自然。”田光转身走了。

太子丹送田光走出院门，正碰到鞠武进来。鞠武看看田光，田光脸上一片祥和。但鞠武已经看到了一种不祥。他愣了一下，他看着田光上马走了，回身问太子丹："太子刚刚同田光讲了些什么？"

太子丹就把刚刚田光推荐荆轲的事讲了。

鞠武沉吟片刻："田光慧眼识人，大抵不会错的。"

二人就朝宫中走去。鞠武突然想起刚刚田光的表情，就问："太子还对田光讲了些什么？"

太子丹道："我刚刚叮嘱他不可泄密。"

鞠武大惊，怔了一刻，顿足叹道："太子说错了这句话，怕是田光有去无回了。"

太子丹一怔："太傅说什么？"

鞠武摇摇头："田光乃一世英雄，太子怎会不知，何必多多嘱咐。一则他会以为自己行为已遭太子怀疑，二则他会觉得太子怀疑他举荐不实。似田光这等人物，一经遭太子猜测，便会以死明志了。"鞠武一脸凄然。

太子丹怔怔地看着鞠武，似信非信。

鞠武道："我去追他。"急忙转身上马去了。

太子丹似乎醒过来，喊人牵过坐骑，跃上去，追鞠武去了。

就在田光从太子丹那里出来的时候，高渐离已经走进了城外的一家客栈。从昨天夜里到现在，她已经找遍了燕下都所有的客栈。这里已经是最后一家客栈了。高渐离竟在这一家客栈里打听到了师诠。她通传了店家，就进了师诠的房子。她推开门，木木地站在门口。

师诠正端坐在房中静静地饮茶。抬头见到高渐离，一愣，起身问道："师妹，快快进来。你怎么会来这里?"

高渐离跨进房来，冷冷地问道："师兄何时到燕?"

师诠看看高渐离："师妹何时到燕?"

高渐离猛地抓住师诠的手，已经看到了他手上的伤口。

师诠愣住。

高渐离颓然坐下："我已经猜出，这些都是你做的。你为何如此……"

师诠无语，把脸转过去，淡淡地说："我只是奉命。"

高渐离叹道："狡兔死，走狗烹，飞鸟尽，良弓藏。果然如此。也未免太毒狠了一些。难道秦王不怕天下侠士寒心?"

师诠叹道："秦王的性子你是知道的，他怎么会让知道太多事情的人留在世上呢?"

高渐离的泪就落下来："那越如、张久几个也是为秦王出过死力的人物，你们怎么好就……"

师诠淡淡地说："不如此怎么是帝王气派!"

高渐离血往上涌，怒喝一声："你果然是秦王手下一条走狗了吗?"

师诠苦笑着："你何尝不是?"

高渐离张口结舌。

师诠哂笑着，走出房间。屋外阳光一片。

高渐离猛地站起，拔出剑来："你今日还走得了吗?"她飞身跃出房子，用剑逼住师诠。

房上突然跳下十几个持剑的黑衣人，团团围定高渐离。

高渐离冷笑一声，手中的剑仍然逼着师诠。

师诠愣在了院子里，一张僵硬的脸对着高渐离。二人都不说话，彼此都能听到对方的气息，都感觉对方的内力在压迫着自己。

也不知过了多久，师诠突然笑了："师妹功夫好厉害了!"他挥了挥手，那十几个黑衣人剑皆入鞘，同时跃上房顶，连一点声响都没有。

高渐离突然痛苦地吼道："你为何要那样做？他们为什么非得死不可呢？你今天要把命还给他们。"

师诠目光垂下来，不语。

高渐离大喝一声："师兄，你出招吧!"

师诠木呆了一般，一动不动。

高渐离突然把剑直刺过来。剑在师诠的眉间停住。

师诠仍然不动。

高渐离恶恶地吼道："你以为我不敢杀你吗?"

师诠仍是不动。

高渐离的剑突然一软，就在师诠的肩上刺下去了。

师诠一声不响，倒下去了。他倒下去的时候，轻轻地哀叹了一声。血从他的肩上汩汩地流出来了。

这一声轻轻地哀叹，似乎有着千钧的重量，这一片汩汩的血，似乎有夺人心魄的光芒。高渐离心头大颤，她突然感觉自己身体里凝聚起的山洪一般的仇恨，又像山洪一样泄去了。她一声长啸，猛地收起了剑，哀哀地看了一眼躺在地上的师诠，转身一跃，不见了。师诠心中苦苦地一叹，泪就落下来。他知道自己跟高渐离之间有些事情是真的不可能了。

田光来找荆轲。荆轲正在田光的书房读简。

荆轲合上简问道："先生可说动了太子？"

田光点头："太子让你去。"

荆轲起身："我随先生去。"

田光却不动，目光空空茫茫。

荆轲疑道："先生如何……"

田光道："荆轲先生自己去见太子。"

荆轲愣住。

田光凄然一笑："我不能见太子了。"

荆轲疑惑地问："先生怎么个意思？"

田光道："刚刚太子叮嘱老夫，不让将此事传扬出去。"

荆轲笑道："太子此话并不错的。"

田光道："忠厚之士行事，是不可引起别人怀疑的。刚刚太子特意嘱咐我不可泄密，这是信不过我啊！不能使人无疑，我田光还算做什么豪杰之士？请先生转告太子，我田光是绝不会泄密的。"

荆轲忙道："先生不可错怪太子……"

田光长啸一声："三人者不可守密。太子已经向我暗示。我怎么会装痴？"说罢，微微一笑，看定荆轲。

荆轲好像明白了什么，刚刚要说话，田光突然起身，拔出佩剑向颈上抹去，一道血红飞溅，田光倒下去。一切都在瞬间发生，荆轲醒过来，田光已经倒在血泊之中了。荆轲大呼："先生！"一下子扑倒在田光身边。

一阵脚步急响。太子丹和鞠武冲进门来。二人愣愣地看着倒在血泊中的田光，泪就落下来。

田光身旁，是五体投地的荆轲。田光双目圆睁，似有无限烦恼还没有放下。

荆轲有些愤怒地看着太子丹和鞠武，突然咆哮道："田先生已经自杀！他说他不会泄密的！"

太子丹一愣，双腿一软，跪在地上，痛哭起来："这怎么是我的本意啊？田先生错怪我了。你怎么好以死自明呢？燕丹误了先生啊……"太子丹一阵心痛，声音哽住，就晕倒在田光身边……

三天后的黄昏，太子丹给田光下葬。按照田府管家田举转达田光生前的遗愿。给田光下葬时，除去田光府上的人，宫中的人去的很少。太子丹知道这符合田光不事张扬的性格。太子丹缜密地思考了一下，就只约了荆轲和鞠武、樊於期。太子丹亲自执着灵车的绳索，一路悲悲切切地到了田光的墓地，把田光葬在山坡的一个洼地里。田举说这是田先生生前看中的地方。荆轲不晓得田光为什么会选中这样一块不朝阳而且冷僻的地方。洼地里十分潮湿。山上的野风硬硬地吹过来，到了洼地却变得十分柔和了。田光今后就在这柔和的风中长眠了。再无富贵之累，恩惠之羁，技艺之困了。恍惚间，荆轲对田光选中这块墓地有了几分体味。

太子丹把最后一铲土拍到田光的坟上，就跪下来，一声长号，惊天动地。闻者无不涕泗横流。众人一齐五体投地拜在田光的墓前。田举痛哭了几声，就坐在田光的坟前，拿过一张筑，奋力击打着。筑声凄楚，伴着如血如金的夕阳在山坡上滚动。

洼地周围的几棵树上，几只昏鸦被哭声和筑声惊起，却不飞走，只在枝上低低地哀叫，叫得人心中冒血。荆轲听人讲过，这种鸟很怪，为燕下都这个地方独有，只要是起一座新坟时，这种鸟在场，它便永远不会飞走，便会守护在这里，不论风霜雨雪，一直到死。所以，燕国人也叫它坟鸟。

给田光下葬回来，太子丹喊荆轲到了宫内。太子丹挥去侍人，关闭房门，二人开始密谈。一直谈到天亮，荆轲详尽地谈了刺杀秦王的计划。

太子丹默默无语。

荆轲问："太子还有什么疑虑?"

太子丹叹道："先生重承诺，轻生死，快意思仇，一片赤热。燕丹心领神会。无奈那秦政身旁高手如林，先生一介书生，如何近得前啊？先生若去，无异以卵击石。恕燕丹直言相告，先生的计划，或者说是空口道来啊!"

荆轲淡淡一笑："太子错了，正因我是一介书生，那秦王才不会起疑。若是一个粗猛之人，那秦王便会小心了。所谓常见不疑，备周意怠。我若下手，便是神鬼难测了。"

太子丹仍是摇头。

荆轲叹道："当年要离刺庆忌，那要离也是个手无缚鸡之力的人物啊！太子是信不过我荆轲啊!"

太子丹就落下泪来："我并非不相信先生，只是田光先生一事，已经令我心力交瘁。先生是田光先生竭力举荐之士，如果再出意外，让我如何……"

荆轲摆手："不必再说，只求太子放荆轲去做这件事。"

太子丹仍是摇头："不可，我宁可将燕国的土地拱手让给秦王，也不肯让先生去做这种杀身无补之事。"

荆轲勃然变色，忽地站起，冷声道：“太子如何做这种儿女情态？荆轲是无论如何也要去的。除此一击，焉有他途？”说到此，荆轲怒目张裂，一双粗重的眉毛几近飞扬起来。

屋里的空气一时僵住了。

太子丹心头大热，泪就涌下来，他猛地跪倒在荆轲面前：“先生忠义之心，可昭日月，请受燕丹一拜。”

荆轲却哈哈笑了：“不必如此。太子，我屠秦只是为了天下太平，并不为其他。太子若要助我，还需求太子帮我两件事。”

太子丹道：“直言讲来。”

荆轲叹口气：“我需要用督亢图和樊将军的人头。”

太子丹一惊，连连摆手：“督亢图我可以让先生带走，樊将军的首级却使不得。此事田先生已经说过，且不要说我与樊将军已经情如手足，退一步讲，即使我与樊将军无此情义，也不可做此策。燕丹如果这样做了，岂不是冷了天下往燕的心肠。不可不可。此事先生休要再提。休要再提。”

荆轲冷笑：“太子直是不许？”

太子丹仍然摆手：“这个不可。那樊将军投奔我，我怎么好将他出卖？”

荆轲叹道：“太子只讲小义，不讲大义。我们要除掉秦王，便是要付出代价的。天下怎么会有无血之痛？”

太子丹只是摇头！“不可不可。荆轲先生，我宁可放弃杀秦王之心，也不可加害樊将军。”

荆轲长叹一声：“太子之仁，荆轲今日领教了。”就起身告辞。

太子丹喊侍人进来，要他去带荆轲歇息。荆轲摆摆手，说要到外边走走。

荆轲走出太子丹的宫门。侍人牵过马来，荆轲上马，就驰出城外。秋阳无力，寒风袭人。漫野的绿色正在消退。路旁的草丛中还散失着许多昨天未曾烧尽的追魂幡。荆轲的心情十分郁闷，他不知道如何说动太子丹，才能求得樊於期的首级。他一路策马狂奔，向山中驰去。走了几里路，他突然带住马，耳边似乎听到有隐隐约约的筑声传来。他静心一听，筑声是从山上传来。他听出了这是高渐离的筑声，他听过许多乐曲，但只有高渐离才能击出如此绵密厚重的音响，筑声中似乎有着沉沉悲愤。荆轲心念一乱，追着筑声上山去了。

穿过一片丛林，荆轲看到高渐离在一座坟前击筑。荆轲下马，快步走过去。只见高渐离端坐坟前。坟前有一石案，案上有一柄长剑和一壶酒，荆轲心中大疑，不知道高渐离为何人守墓。他就走过去，细看那墓碑。

高渐离抬头看到荆轲，脸上似悲似怨。荆轲盯住墓碑一看，肝胆俱裂：“张久兄……如何……故去了？我刚刚两日没有见他啊!”

高渐离含泪不语，只是把一张筑击打得更加凄惨。

荆轲两腿一软，就跪在坟前，叩头在地，咚咚作响。抬起头来，额前已经血流如注。他转身大喝一声：“渐离弟，这是怎么回事？哪个害了张久兄?”

高渐离的泪光在太阳下跳动，她扔掉竹节，把头埋在筑上失声痛哭起来。

荆轲呆呆地坐在坟前。过了许久，高渐离止住哭声。荆轲闷闷地问：“你要告诉我，是谁杀了张久兄?”

高渐离长叹了一声：“你能猜中。”

荆轲点头：“是秦政。”

高渐离无语。

二人沉默了。

秋阳像一个老妇人一样没有颜色，坟前几棵老树最后的残叶悠悠地飘落。风一阵阵吹过，张久坟前的土已经微微干了。荆轲站起身，拿起石案上的剑，奋力地舞起。一团白练似的剑影包围了荆轲。

高渐离看出荆轲的剑法并无多少长进，她悠悠一叹：“兄长即使终日这样用功，也要三年五载，岂不知功夫绝非速成。欲速则不达矣!”

荆轲停住，把剑放在石案上，点点头：“我怎么不知。只是我此去只可成功，多演习一下，只有好处。”

高渐离拿过石案上的剑：“如果燕国一定去谋秦王，那燕国就会变成一个湖泊，我指的是会变成一个血的湖泊。”

荆轲定睛看着高渐离，目光中有些愤怒了。

高渐离看出荆轲有些不快，就不再说，呆看着坟前几棵树，风儿一起，便有树叶落下来。树叶在风中打着旋儿飞到了坟上。远处有人击筑。那筑声幽幽柔柔地穿过林子传了过来。击筑的人似乎有着满腔忧郁，乐曲哀悲低回伤感。高渐离听出这是怀念田光的乐曲，只是太轻弱了些，少了一些刚烈的旋律。她暗叹一声，此人与田光相随多年，却知田光只有五分啊！

高渐离转身看看荆轲：“兄长，你可听到了这筑声？”

荆轲点头道：“有一种莫名的惆怅。”他猜出是田举在田光的坟前击筑。

高渐离叹道：“真正的惆怅是没有声音的。”她伸手拣起飘落在石案上的一片叶子：“一片叶子败落时也是没有声音的。你能听到叶落的声响吗？”

荆轲点头：“叶落是无声的。”

高渐离惨惨地一笑，“断肠也是无声的。”说罢，拿起剑，只一舞，一片落叶便碎成点点。

荆轲一怔。风儿吹过，又几片残叶飘落。高渐离又是一舞，空中又是一片点点青碎。

荆轲看看高渐离：“贤弟，花开花落，有开时必有落时，有如我这个人一样，如遇醉时，必醉。如遇死时，必死。叶生叶落，人聚人散，都是无奈之事。贤弟不必担忧什么。”

高渐离放下剑，沉沉地叹口气：“我明白，我劝你也是无用。人在世间，好比叶在枝头，或生或落，都是不由己的事情。短短几日，田光先生和张久兄都已经成了故人。人生岂不是不可预料?”她不再说。怔怔地看了荆轲许久，突然转身，大步走了。

荆轲站起身，荒野寂寂，秋凉如水。悠悠的筑声传来，便使得荆轲更加心躁。他抬头看看，天已经阴得重了。

一场凉凉的秋雨，洗得秋色褪尽。荆轲来到樊於期的府上时，看到樊府门前的几株柳树叶子早已经落尽。光秃的树干，阴郁地呆立着。荆轲听人讲过，这几株柳树还是樊於期到燕国时和太子丹一起种下的，几年过去了。柳树已经长得很粗壮了。

门人通报进去，樊於期迎出来。二人拱手施礼。荆轲笑道：“将军近日可好。”

樊於期摇头：“愁肠百结。不提也罢。”

二人走进客厅，樊於期让人端上茶来。扯过几句闲话，樊於期笑道：“荆先生有事找我?”

荆轲笑道："我今日有一事相求。"

樊於期道："先生请讲。"

荆轲笑道："不忙，可有酒？我与将军饮上几觥。"

樊於期笑了："我闻听先生海量，今日愿陪先生一醉。"就吩咐下去。不一会，下人便端上几坛酒和一釜肉。樊於期笑道："荆先生，请用。"

荆轲一笑："樊将军先请。"

二人畅饮起来。不一刻，几坛酒将尽。樊於期便喊下人再取酒来。荆轲拦住："樊将军，我今日有事相求。"

樊於期哈哈笑道："先生直言讲来。"

荆轲就讲了他欲去刺秦的事。樊於期听得目光灿烂起来。

荆轲盯住樊於期："但我接近秦政，需要用将军的首级。将军乃秦王恨之入骨之人，我用将军的首级，秦王必然信之，我则能伺机杀之。不知道将军可否答应？"

樊於期听得发怔，猛地伏到荆轲脚下，啼道："不瞒先生，於期这几年，无时无刻不思想报仇。秦王屠我全门，每每念及，痛入骨髓，毛发悚立。多谢先生。於期此生有望了。有望了啊！"啼罢，连连叩头。血在地上洇红了一片。

荆轲突然有些伤感，他声音涩涩地发哽："只是这样……"荆轲说不下去了，他低下头，他不承想樊於期会这样爽直。他心中闪过一个念头，如果换上自己，会这样爽直吗？

樊於期似乎看透了荆轲心思，摆手道：“先生不必伤感。生而何欢，死而何叹？”说罢站起身，从墙上摘下宝剑，寒光一闪，宝剑已然出鞘。樊於期仰天大笑：“秦王，你命当绝矣！”他面向荆轲跪倒。荆轲不忍再看，转过身去。听到身后樊於期喊他。荆轲沉沉地叹了口气，转过身来，一时惊得呆住了。

樊於期的首级已经离开脖腔。樊於期跪在地上，一手提剑，一手提着自己的首级递上，那脖腔中的血缓缓地咕咕地在涌。那首级两目怒张，似有千言万语。

窗外风忽地卷起，那窗子被风刮得萧萧作响。无力的秋阳突然暴烈起来，火一样烧进屋来。荆轲魂魄大震，盯住樊於期，只觉肝胆俱裂，他大吼一声，五体投地，双手接过樊於期的首级，裂声喊道：“樊将军，荆轲此去，定要索秦王的性命！将军黄泉路上走好！”

樊於期似乎听到，那脖腔中的血猛地激出，暴泉一般直射到屋顶，红雾立时扑了满屋。那尸体晃了晃，轰然倒下了。荆轲心中一叹，起身大喊一声：“来人！”就扯下窗帘，包好樊於期的首级，轻轻提起，大步走出客厅。

阳光如血一样扑射下来。荆轲一时有些头晕，他迟疑了一下，迎着太阳低低地吼了一声。他耳边轰轰作响，似有号角在吹动。

（时此的荆轲已经没有退路。即使太子丹改变计划，荆轲也会去向秦王索命的。他永远不会忘记樊於期向他交付首级的那一瞬间了。或者说，樊於期复仇的渴望已经融进了荆轲奔腾的血液中了。是荆轲成全了樊於期，还是樊於期成全了荆轲，这千年的疑案啊！谈歌写到这里，已经是眼热鼻酸，不能自已。）

当荆轲提着樊於期的首级跪在太子丹的面前时，太子丹眼前一黑，昏过去了。等他醒过来，荆轲已经走了。太傅鞠武站在他身边。太子丹愤怒地咆哮起来：“荆轲夺我手足……”

鞠武泪如雨下：“事已至此，樊将军已经将性命托付荆轲。太子也不必动怒，就请荆轲去秦一搏吧！”

太子丹无力地摆摆手：“我明白，就将督亢图与荆轲，你可问他何时赴秦。”

鞠武道：“我已经问过荆卿，他说已经邀了两个剑士，不日便抵燕。他们一同赴秦。”

太子丹叹了口气，点点头：“为樊将军做一个赤金的首级入土。”

鞠武点头退下了。

七天之后的傍晚。

太子丹为樊於期举行了厚葬。太子丹府上的人倾巢而出，太子丹身着重孝，在前边引着棺木的索绳。漫天遍地的招魂幡直延到十余里外。棺木入土时，太子丹伏棺痛哭，几近昏死过去。荆轲在送葬的队伍中看得真切，他有些体味出太子丹对樊於期的情感了。

暮色悄然漫上来，太子丹在墓前重重地行了几个大礼，起身朝山上走去。众人追随在他身后，被他粗暴地喝退。燕丹心中一片迷乱，一时不知道自己该怎么办。他走到山顶，回头看，见一身素装的荆轲跟在他的身后。太子丹看荆轲那单薄的身子，不禁一阵心痛。他哀然道："荆卿，我想放弃了。"

荆轲沉默了一下，低下头："我没有听到太子说什么。"

太子丹叹道："我已经有些心灰意冷了。"

荆轲粗重的眉毛扭结成一团，声音突然像石头一样坚硬了："太子，事情做到这一步，只怕没有回头可言了。"

太子丹呆了一下，下山去了。

荆轲顽石一样站立在山顶。夜色完全弥漫下来。天阴了，霹雳一声，倾盆的暴雨像是一股积郁在胸中已久的怒气，终于宣泄出来了。

一道道闪电撕裂了黑黑的苍穹，雨似鞭子一样甩下来，在闪电中亮起来串串银光。荆轲站在山顶上，粗猛的雨条重重抽在他的身上，他突然想大吼几声。他终于朝着黑暗怒吼了起来："嗨！嗨……"

（黑暗。是黎明前的黑暗？还是黄昏后的黑暗？荆轲不知道自己这一步跨出去是破碎的黎明，还是更浓密的黑夜。)

又过了十天，残秋落尽了最后的叶子。初冬的寒风，已经开始杀气腾腾地扫荡着败草。

高渐离来到了田光的故居。现在荆轲住在这里。荆轲曾几次要求高渐离也搬来同住，高渐离却不肯，她仍住在张久留下的那处宅院里。高渐离常常来看荆轲，她每次来都看到荆轲在园中发奋练剑。高渐离心中很是凄然，她知道，某一个日子距离荆轲越来越近了。

高渐离走进府门，田举迎出来："高先生来了？"

高渐离摆摆手，示意田举不必通报，就径直去了后园。荆轲果然正在练剑。荆轲看到高渐离进来，就放下剑，和高渐离在石案旁坐下。

荆轲笑道："渐离弟，我近日剑法已经有些长进了。"

高渐离强作欢颜："可喜可贺。太子可知道？他不曾催你上路？"

荆轲摇头："我已经多日不到太子那里去了。我再等两个朋友来此，便一并赴秦了。"

高渐离苦笑道："这些日子，外边对兄长的传说很多。都说太子对兄长视若知己。传说兄长称赞了一声一个宫女的手，太子便把那女子的手剁下来送与兄长。兄长欲食马肝，太子便将千里宝马的肝脏取之烹了。还有……"

荆轲脸色青紫，猛地站起，怒喝一声："住刚怎么会有这等流言？"

高渐离看着荆轲怒目横眉："兄长……"

荆轲叹口气："你相信吗？"

高渐离摇头："我怎么会相信兄长是这样一个凶残狂徒？"

荆轲泪就流下来："难为你相信我一片清白。"

高渐离叹道："只怕日后史官难给兄长一个清白啊！"

（公元一九九七年十月十五日，谈歌这篇小说写到这里时，便对历史上记载的荆轲这段在燕下都的生活发生了怀疑。以荆轲此等人物，他怎么会做出剁美人手、杀千里马等诸多的残忍之事呢？谈歌想，也许只是太子丹为了网罗天下义士而散布的一种政治宣传吧？燕昭王的黄金台，又何尝不是一种政治宣传呢？谈歌曾在易县与当地几个民研学者谈过此事。他们哂笑，说此种事情只能是史家凭空杜撰，绝非荆轲所为。）

田举走进后园，对荆轲道："荆先生，太子来看你了。"

高渐离苦苦一笑："燕丹今日一定是催你上路了。我先告辞了。"

高渐离从后门走了。

太子丹进了后园，荆轲拱手施礼。太子丹拿起石案上的短剑看了看，笑道："先生练习得如何了？不知何日可以起身？"

荆轲道："我已经给我的两个朋友写了信，让人送去了。

不知道为何他们还不曾到。令人心焦。”

太子丹皱眉：“现在秦国大兵将要压境。先生再不举事，怕是……”

荆轲叹道：“我只等我的两个朋友。”

太子丹点点头，苦苦一笑：“如果这两个朋友不来了呢？”

荆轲笑道：“不会。”

太子丹摇摇头：“避危逃险，人之常情。荆先生，我不再瞒你，现在军情已经火急。如果先生果真有些心怯，丹便可另图……”

荆轲脸上的微笑僵住了，他听明白了太子丹的意思。他心里一疼，觉得血流出来。他忽地站起：“太子，你此话怎么讲？”

太子丹长叹一声：“话已经讲明，我不再多说了。”

二人怔怔地对视了一下，太子丹起身走了。

太子丹走到门外，突然转回头：“如果先生十日内不便启程，我只遣秦舞阳赴秦便是了。”

荆轲大怒，他脸色骤然变得铁青：“太子，休要辱我！”

太子丹脸一红，大步走了。

荆轲没有送太子，转身进了屋子。他拔出那柄短剑，在灯光下细细端量。他的目光中有了一种凛凛的杀气。他打开一个密封的坛子，把短剑伸进去，坛内立刻爆响起一阵怪声，一缕黑烟腾起。这是一只装有剧毒汁液的坛子。

半个时辰过去。荆轲把短剑取出，入鞘，大步出了房间。他喊田举带过坐骑，又喊出府中的几十个军士，走出府，直奔易水河去了。

月儿东升，夜已至。暮色四合，天地一片苍凉。有归鸦数点，林枝摇曳。天色沉沉，阵阵寒风在街中乱扫。马蹄声碎，街上已空无人迹。只有如水的月，如血的灯，如墨的夜，如剑的风。

荆轲带着军士们到了城外的易水岸上。他跳下马，站在了一块青石上，看着军士们在河上搭浮桥。河上火把点点，似游魂野鬼。

潇潇的流水上，已经升起一片凄迷如烟的薄雾。

水在流动，雾也在流动。荆轲突然发现如烟的流水中，出现了一条黑色的身影。他刚刚想回过头，但是一个低沉的声音，带着一种诅咒式的力量，一字一句道："荆轲，你不要回头。"

荆轲果然感觉到一种不能使他回头的力量，他笑道："你是何人?"

黑影道："你不用问这些，我只是适才明白，她为什么不肯杀你。"

"你说的是谁?"

"你不必问。你真的不惧死?"

“你既已知道，何必再问？”

“你真的可以舍弃一切，牺牲一切？”

“你问这些有何用处？”

“你真的可以舍弃你的诗书、朋友和你喜欢的老酒吗？”

荆轲不再回答，他觉得这种对话挺没意思。

那人突然吼起来：“你以为你是何许人物？凭你那几招几式当看不当用的粗陋剑法，连秦王殿上的一个武士也对付不了的。”

“我知道。”

“但你还是非去不可？”

“是的。”

“太子丹真值得你去这样做？”

“我已经不再想这些了。”

“你若是高渐离，你能够看着荆轲走上这一条不归路吗？”

荆轲觉得心里一疼，不再回答，起身走了。走出十几步，他回头看看，那只神秘的暗影已经不见了。荆轲沿着河岸走出很远。回头看，那浮桥即要搭起了。突然，河岸上隐隐响起琴声，琴声铮铮，妙韵天成，含蕴着一种说不出的幽幽恨意。听出一种国破家亡的哀悲之声，顺着河水飘飘荡来，荆轲心中顿起了一种肃杀之意。

他策马回来了。

荆轲回到府上，田举告诉他高渐离在等候。荆轲一愣，走进客厅，见高渐离果然坐在那里，表情木然。荆轲皱眉问：“贤弟，这么晚了，找我有事？”

高渐离一双泪眼，呆呆地看着荆轲。

荆轲笑了：“莫要为我担心。”

高渐离突然跪倒在荆轲面前。

荆轲笑道：“你这是为何？”就伸手搀起高渐离。

高渐离凄然一笑：“荆轲兄，你难道没有看出我是女儿身吗？”

荆轲一愣：“你说什么？”

高渐离站起身，取下发冠，一头长发像一匹黑色的绸缎悠悠地落下来。灯光下，高渐离完全没有了平日的威武，只是一副文弱女子的身态。她文静地走到荆轲面前，凄然道：“兄长，原谅我没有对你说破。”

荆轲仍旧怔怔地：“你怎么会……”

高渐离叹道：“我怎么不会？”就把自己的身世说了一遍。

荆轲听得如痴如梦，许久，他长叹一声：“我只是粗心，真是想不到的。”

高渐离一双泪眼望荆轲，突然一把抱住荆轲，哭道：“兄长，为了我，不要去了。不要去了啊！”

荆轲立刻感觉到一种绵软的体温要使自己融化掉了。他闭上眼睛，他一时真想融化在这种绵软的感觉里。他心念一动，骤然一惊。他轻轻推开高渐离，长叹一声："贤弟，不，渐离妹妹，我已经承诺太子。一经承诺，万死不归了。我本来要等两个朋友到此聚齐便动身，看来，我似乎是等不及了。"

高渐离摇头："你那两个朋友不会来了。"

荆轲笑道："他们会来的。他们从不食言的。他们已经应诺。一诺千金。"

高渐离道："死人是不会应诺的。"

荆轲大惊："你是说他们……"

高渐离惨惨一笑："秦王的密门是不会让他们来的。"

荆轲一惊，猛地咆哮起来："谁干的？你一定知道！"

高渐离点点头："我知道，但我阻止不了的。"

荆轲静下来，定定地看着高渐离："渐离妹妹，即使他们不来，我一个人也要去的。我明天就走。"

高渐离哭道："你难道不知道你去会死吗？"

荆轲点头："我只求一击。"

高渐离怒道："太子丹果然那样重要！"她有些失态地抓住荆轲的双肩。

荆轲摇头："我现在已经不单单是为了燕丹，或者是田光先生，或者是张久兄，或者是樊於期将军。我是为了雪洗我荆轲的耻辱。我明日就走，渐离，你不必送我。"他猛地推开高渐离，“你走吧。”

高渐离泪如雨下，她呆呆地望着一脸冰冷的荆轲，缓缓地退出去了。

（此时的高渐离是最后一劝。她已经明白，荆轲已经不是在为太子丹去刺秦了。或者说，这里边的成分已经复杂起来了。如果说荆轲开始的目的只是一腔正义所为，那么到田光自杀时，他的刺秦目的已经有了报答田光的成分；后来，他又有了为张久报仇的目的；再后来，又有了为樊於期雪恨的动机；再后来，又有为了知己燕丹雪耻的情结。到现在，他是去替自己，为雪洗自己的名声去了。他踏上了一条不归之路。）

荆轲默默地送高渐离出去。长夜下，长街上，月黑夜，断肠风。风紧处，寒意四袭，几片冷雪随风卷过。这是入冬前第一场雪。高渐离远远地去了，荆轲久久地站在街上，他似乎要等那雪再紧迫一些，可一阵风骤起，那雪竟已经逃散了。

翌日清晨，天已微微放晴，但云层仍然很厚。东方刚刚有了鱼肚白，荆轲便起来，他把督亢图和淬过毒的短剑细心包起，又把蜡封的樊於期首级取出看看。樊於期双目仍没有闭上。荆轲点头笑笑，就包起，走出门去。秦舞阳已经赶着一辆四乘的车在田府门外久候着荆轲。荆轲把行装放上去，秦舞阳一抖车绳，车子就碾着晨光去了。昨天夜里一场小雪，道路有些冰冻。车轮打着滑，有些吃力。

车行到河边，荆轲愣住了。太子丹一人一骑挡在路上，高渐离背着一张筑站在太子丹的身后。再往前看，田举和十几个背着筑的人一字摆开站在那里。荆轲一怔，他不想大家送他上路。他也更不想太子丹来送他。昨天与太子丹的一番对话，他心已经麻木。他现在感觉自己不是为了太子丹去刺秦。而是为了自己。这实在已经是一件与别人无关的事情。他表情闲淡地跳下车，向太子丹深深躬了一揖。

（此时荆轲与燕丹的关系已经变得微妙。昨天燕丹到荆轲那里督战，那逼迫急切上路的情绪，已经在荆轲心中凝结成块垒。谈歌到易县采风，当地人讲到这里时，都说荆轲与燕丹是结仇而别，至少是情已断。）

太子丹神色庄重地看看荆轲，他挥一挥手，登时，四面山上涌来无数的兵士。兵士们手中的武器都是黑色，而那一群人却是一色的如雪长衫。长衫宽松，飘飘如雪。河边，几个牛一样健壮的士兵竖起了一杆大旗，在河风中扯动，猎猎作响。旗两侧，竖起了百余面高高的白色招摇。

漫山遍野，一片雪白，阴郁的天空，白云厚得正紧。天地间凝结了一般。荆轲一怔，他没想到太子丹会用这种方式来送他。他微微冷笑，心里又隐隐地被一种类似耻辱的东西击中了。他回身望一望高渐离。高渐离两行冷泪，迎风抖动。高渐离泪眼看看荆轲，席地坐下，挥起竹节击那筑。筑发出颤颤的声响。田举和那十几个琴师也随着高渐离坐下，击筑，和着高渐离的如泣如诉乐曲。

这是一首古律。荆轲听到过。在什么地方听到过？他已经忘记了。但是他听懂了，高渐离是在用琴音与他做生死对话。合着田举等十几张筑声，狂风横扫般直抵云霄，冲得一天厚云散去了。

日出东山坳。

寒风起天末。

寒风透过太子丹薄薄的衣衫，直透骨髓之中。太子丹走过来，笑道："荆先生，我今天来送你，你我昨天的不快就一并忘记了吧！"说罢，一挥手，有人端过来一坛酒。侍人取出一只大觥，倒满递与太子丹，太子丹双手递与荆轲。

荆轲却不接。他怔怔地看着太子丹。太子丹的眼中已经有了泪光在闪动。

秦舞阳走过来，对荆轲道："先生喝一觥吧！"

荆轲摇头："我已上路，便不再饮酒。"

秦舞阳看着荆轲，又看看有些尴尬的太子丹，接过那觥酒，仰头饮下去了。

荆轲淡淡地对秦舞阳道："上路。"

两个人跳上车，车缓缓地碾着清晨走了。木轮在土道上发出吱吱哑哑的杂响，路旁的枯草在风中抬起头张望着，薄薄的阳光在上边跳动。秦舞阳看看荆轲，荆轲表情木然。

山道弯弯，一路白旗飘飘。

有人失声哭了。又有人哭了……

荆轲没有回头。他耳边只是不断听到有人在哭。他很想回头劝劝那些啼哭的人。可他终是没有回头。车子跃上了浮桥，寒冷的河水疯疯地咬上桥来。

天无雨，却是一群泪雨之人。

天无雪，皆是一片雪白之景。

太子丹看着已经上了浮桥的荆轲，心念一颤，向前奔跑了几步，凄楚地喊了一句："荆卿……"

荆轲似乎怔了一下，但依然没有回头。车子已经过了易水河上的浮桥。

高渐离的筑声突然刚烈起来，断金截玉，如砂似暴，和着易水的涛声，在天地间激越地跳荡。忽然，众人看去，只见田举仰天大笑，笑罢，挥起手中的筑砸向自己的头顶，登时头破血流，一片赤血雨一般飞溅出来。鲜血如一条赤练蛇般窜动，一头冲入易水，河水中立刻开出了几朵鲜红的水花。

远远的，过了易水的荆轲，已经绝尘而去了。

秦舞阳猛回头，见河岸上小小的站着迎风僵立的太子丹和高渐离……

一只人影在河面上飘动。

人皆已经散尽，只有高渐离呆呆地坐在河岸上。繁星点点，映照在河面上。

寒风呆呆地吹着。

高渐离脸色惨白，在河上闷头坐着。她突然看到一队火把缓缓而来。

师诠跳下马来，轻声喊道："师妹。"

高渐离回头看看师诠。

师诠说："荆轲此行，并无性命之忧。"

高渐离道："你是说他根本近不了大王？"

师诠点头笑道："大王疑心重，只会接他的图，并不会接见他的。"

高渐离摇头苦笑："师兄有所不知，荆轲非比常人，他一定会想尽办法的。"

师诠闷了一下，惋惜道："此非常人物，只是可惜了，竟不能为秦所用。"

高渐离淡淡道："你既已知道，如何不向秦王报告？或者说，依你的手段，只要在半路截杀他就是了。我敢说，他过不了你三招。"

师诠叹道："如此义薄云天的人物，我如何不成全他。"

高渐离怔了。

师诠苦笑："师妹，我又岂不知你的一片深情呢？"

高渐离叹道："只怕他一定会近了秦王。"

师诠半晌无语，许久，低声叹道："秦王若死，也是千古。荆轲不归，也是千古。怎样结果，不是你我能预料，自有苍天安排了。"

高渐离低头不语。

师诠看看高渐离："我已经知道自己做得错了。我不该杀越如和张久的。我这就把属下的各国密报遣散。然后我回秦，向秦王求退。"

高渐离表情闲淡，起身离去。

风儿悠悠地从河中卷上岸来。

师诠痛苦地喊一声："离妹！"

高渐离猛地停住，徐徐回转身，已经是一双泪眼。

筑声变征，田举们那十几张筑竟压不住高渐离的变征的筑声。骤然间，田举等十几张筑弦竟同时啪啪裂断。田举大惊，此时，只有高渐离一张筑在狂击，如狂风似暴雨，涤荡着世界。

高渐离目送着荆轲过了易水，满脸是泪，放声高歌：

"风萧萧兮易水寒，

壮士一去兮，不复还……"

歌声惨烈，在河中飘荡，人们被唱得肝胆发炸，毛发悚立，感觉心中突突地冒血。太子丹听得心头大颤。他回头看看高渐离，只见高渐离满面泪水，双手挥着竹尺在筑上如飞地击打。那筑被高渐离击拨得似乎有些痛苦了，发出刺耳的怪音，几近要断裂一般。

高渐离只把目光盯向远处，那辆白车，沿着山道去了，渐渐地小了，即要没进山道。众人看得清楚，荆轲始终没有回头，风起云涌，荆轲的衣袂乱飞，像一面被狂风扯动的战旗。

高渐离一阵心痛，她觉得胸闷得很，一张口，一股鲜鲜的血就喷出来。阳光下，那血似雨，直扑了一筑，那筑上的弦竟纷纷断裂了。高渐离仰天一声长啸："天绝绝。意绝绝。此绝绝……"

众人突然歌声大作：

"风萧萧兮易水寒，

壮士一去兮，

不复还……

不复还……"

歌声愈加高猛。奔流的河水急急匆匆地向前赶去了。

风紧了起来。风在山道上漫着，渐渐猛烈起来。太子丹身后的那面大旗，猎猎作响。突然一声断裂之声。众人惊得去看，那旗杆竟是被风吹得拦腰断了，轰然砸在桥上。那浮桥竟然撑不住那旗杆的撞击，也轰然坍塌了。那旗杆就歪歪斜斜地折进河中去了。河水硬硬地翻卷，旗杆痛苦地跃动了几下，便漂漂着去了。

太子丹心头一凛。他突然感到了什么，飞身上马，挥鞭向前追去。但浮桥已断，太子丹已经过不了易水。

太子丹隔岸大吼一声："义士!"

只有风声迎合。

突然有人暴喝一声："荆先生，一路顺风！我为田先生送你了!"

师诠仰天长啸："罢罢!"就翻身上马，回手几剑，火把登时灭尽。他大笑一声，举鞭一策，那坐骑便飞也似的去了。

天上星光一片。

河岸黑暗一片。

高渐离站起身，哀叹一声。

马蹄声渐渐被寒风吹散，师诠早已扬长远去了。

一个月之后，荆轲和秦舞阳进了咸阳。进城后，天色已经晚了。他和秦舞阳寻了一家客栈住下。第二天一早，荆轲就和秦舞阳去找贾父。荆轲和贾父交往已有十余年，二人曾是棋友。

到了贾父的宅子，贾父正在与侍人博弈。见荆轲进来，就停住手，惊讶道："荆轲贤弟，你何时来了？"

荆轲笑道："我今日来看兄长。"便将秦舞阳介绍给贾父。

贾父叹道："江湖之上，波险云诡，聚散无常。你我相别近七年矣！今日得见，真是不易。"就喊侍人奉茶上来。

荆轲点头笑了。就将自己这些年的经历简略讲了。二人又谈了几句，贾父笑道："贤弟若是好兴致，我现在就与你手谈一局。"

荆轲含笑，与贾父对坐。

荆轲心神不定，落下不几子，就已经成了败局。

贾父疑道："你今日杀气太重，有急功近利之嫌了。"他挥手推散了一盘棋子，盯住荆轲问道："请实言对我，找我何事？"

荆轲哈哈笑了："兄长利眼，荆轲不敢再瞒。我实要请你去活动秦王近臣，带我去见秦王。"

贾父沉吟片刻："秦王的宠臣蒙嘉好财，可以用重金买动。"

荆轲大喜，让秦舞阳把车上的一千金取下。贾父点头笑道："足矣。我此刻去见蒙嘉。你二人先到客栈歇息，等我消息。"贾父便去了。

第二天傍晚时分，贾父派人来客栈喊荆轲到府上说话。荆轲便随来人到了贾父的府上。贾父正在堂中等候。见到荆轲，沉默不语。荆轲愣道："莫非秦王不肯见我？"贾父闷了一刻："蒙嘉已经说动秦王，他明日在宫中见你。"

荆轲大喜，一揖到地："燕国有幸，多谢兄长了。"

贾父双手搀住："贤弟不可如此。"

二人对坐。贾父叹道："贤弟，你不言，我也已猜中。你此一去，便是要做那惊天撼地之事。如若不测，身后可有何要交代的？"

荆轲想了想："我倒不必，只是，我担心事发之后，兄长要受牵累，不知兄长……"

贾父笑了："我刚刚已经打发家人疏散了，也许现在他们已经出了咸阳。你明日去秦宫，不管事情如何，都与我无关了。"

荆轲不解，望着贾父。贾父笑道："你且稍候，我取一样东西与你。"就进内屋去了。

荆轲等了一刻，仍不见贾父出来，他猛地醒了，慌忙奔进室内，见贾父已经悬梁自尽了。

荆轲呆呆地，扑通跪倒，重重地叩头。

荆轲解下贾父，退了出来，他站在院子里，不动声色。为了这一天，他不知道自己已经花了多少心血。现在就要达到目的，可是他心里竟没有了冲动。

冬风已经猛烈，舞着细沙碎石，枯枝们在寒风中颤抖。

荆轲低身捡一束枯枝，怔怔看了一刻，又低身轻轻地放下，看着它被风啸啸地卷起，打着旋儿逃走了。

荆轲挺起胸，走出院子。

深不可测的秦宫就横在了荆轲和秦舞阳面前。无数面黑色的旗帜竞相飘舞，黑色长蛇一般涌动，傲慢地撕扯着风，发出一种无声的嘶吼，形容不出的激越和傲慢融进了这黑色。荆轲明白，秦以水为德，崇尚黑色。黑色旗帜如刀，刀锋上呈现一种让人能感觉到暗血的黑红。荆轲屏住了呼吸，他知道自己早就扑进一种已经预谋好的真实中去了。他终于等到了它，或者说它已经等到了他。荆轲心中一股豪气撞击起来。

荆轲和秦舞阳被蒙嘉引进宫去。秦王的宫中今日不比平常。秦王心中好笑，他想起当年跟太子丹在一起玩耍的日子，心中多了一层骄傲。

六十名武士在殿下站定。秦王精神闪耀，淡淡地说一句："传燕国使者。"

武士便把话一个接一个传下去了。武士们声音十分响亮，在殿中轰鸣。

荆轲和秦舞阳一前一后走上殿来。

两排武士威风凛凛。荆轲暗叹一声："果然是大王气派！"

几个武士冲上来，其中一个武士只一枪，荆轲便跌倒地上了。

武士哈哈笑了。

荆轲怒道："我本燕国信使，如何这样无礼？"

武士笑道："秦王不许有武功的人上殿。看来你是不会武功的了。"

秦王在殿上笑道："你上来吧。"

荆轲看到秦王，心头一阵赞叹，这就是那个立言要统一天下的秦王政吗？真是一个伟岸的奇男子啊！他情不自禁地把秦政与燕丹相比。他觉得燕丹焦躁，没有秦政这种浩然气概。他细细看去，见秦王眉宇间那一派英气逼人。他不禁生出一丝遗憾。这一个英气逼人的秦王即要死在自己的手上了。他大步向殿上走去，却发现舞阳没有跟上来。

荆轲转身招呼秦舞阳。秦舞阳却愣着。他四下看看秦王的殿上，猛士如云果然非燕国可比。他抬起头，正迎住秦王政电一般的目光从殿上射下来。秦舞阳一时感觉自己被穿透了，拔不动脚步。他的的确确被这种秦国的气派震惊了。他的脸色一时变得非常苍白。

秦王问荆轲："这人是谁？"

荆轲笑道："他是我的一个随从。没见过大秦这样的气派和世面，已经被惊住了。"

秦王笑了："燕国之都，闭目塞听，难怪了。"

荆轲笑道："舞阳，你可见过这种气派？"

秦舞阳苦笑："我真是梦中也未见过的。"

荆轲的目光直刺过去，秦舞阳突然清醒过来，热血立刻在周身沸腾起来，杀气在他周身激荡。

荆轲走到距离秦王十几步的时候，秦王突然喊他停下。秦王笑道："你且慢上前，你且把督亢图和樊於期的首级呈献上来，待我验过。"

荆轲笑道："大王疑心太重了些。"

秦王朗声大笑："没有疑心何以成霸业？"

荆轲怔了一下，摇头笑道："霸业未成，又何必起疑心？"

秦王朗声大笑，点点头："把图送上来吧！"

荆轲趋步上前，先把装有樊於期首级的木匣递上去。秦王揭开看了，哈哈笑道："樊於期，你也有今日呢！"

荆轲又把督亢图双手递上："我还要为大王指点。"

秦王起身去接过，只觉得此图分量很重，一念之间，图就在秦王手中展开了。展到穷尽，秦王目光一冷，不及细看，一件东西已经抓在荆轲手里，却是一柄短剑。只此一刻，谁也没有看到，秦王是如何展开地图的，荆轲又是如何从图中取出那柄短剑的。

荆轲已经顺势抓住秦王的衣袖。

殿上一片慌乱。秦舞阳突然出手，击倒了几个武士，朝荆轲喊道："还不出手，更待何时！"

秦王目光如电，盯住荆轲，冷笑道："真想不到，燕太子竟敢派人来行刺！"

荆轲正色道："今日只来索你性命。"

秦王冷笑一声，突然转身，从荆轲的手中脱出来。秦王急步绕柱而行。荆轲紧随着秦王身后，大喝一声，一剑刺过去。

可以说，所有的设计和规定都已经事先演练了多少遍了，荆轲没有想到的是秦王的宽袍大袖，横扫过来，荆轲的剑险些被秦王的衣袖扫得脱手而去。秦王的宽大的衣袍救下了秦王。秦王已经绕在宫中柱子的后边。

荆轲怒喝一声，奋力一跃，进身去捉秦王。他想，只要能捉住秦王，自己就有办法逼迫秦王就范。

殿下传来秦舞阳的惨叫。荆轲没有回头，他知道现在秦舞阳至少已经被人剁成烂泥一般了。他奋力绕着柱子去捉秦王。

秦王急步沿着宫中的柱身躲避。他很是恼怒。他几乎没有机会抽取背上的剑，他知道自己如果稍一停顿，疯狂的荆轲就会把剑刺过来。

殿下的武士一时呆住。有人反应过来，涌上来。

荆轲距离秦王只在咫尺，冷笑一声："秦政，你跑不掉的。"他手中的短剑就刺过去了。

秦王长叹一声，他已经有些绝望，他想自己今天一定会被这个不顾一切的刺客击倒了。突然，柱子后边的太医大喝一声："大王，反身抽剑！"话音刚落，太医的药箱向荆轲飞过来，荆轲伸手挥去药箱，心念一分，那剑就刺空了。秦王已经抓住了这个千钧一发的机会，他反手抽出佩剑，向荆轲刺去，荆轲躲避不开，被秦王刺中了左腿。他晃了晃，一下倚在柱子上，险些跌倒。他定住神，奋力将手中的剑掷去。短剑紧贴着秦王的左耳窜出去了，硬硬地扎进宫中的柱子上。荆轲长叹一声："天不助我，奈何奈何！"

秦王又连连向荆轲刺出几剑。

荆轲倚着柱子站着，他身上已经中了好几剑了。血汩汩地冒出来，在殿上漫着，红红的。他终于倒下去了。

秦王稍稍喘息了一下，怒道："你这种身手也敢于行刺？"

荆轲凄然一笑："你运气太好了。本来我是想捉你要挟的。我真是太贪了，否则我一定会穿透你的。"

秦王把剑入鞘，摇摇头："你太天真了，你到我这里是不可能得手的，徒劳心力性命。那太子丹大可不必这样做的。两国交兵，刀兵相见，用此下作的手段，以图侥幸。如能得手，那才真是违了天意。"

荆轲脚下已经血流成溪，脸白成一张纸，他寒笑一声："如果我不想挟你，你一定早死了……"荆轲突然感觉十分疲惫，他从心里感觉很累。他很想睡觉。

秦王不及再说，一群武士冲上殿来。

殿上一片寒光飞舞，荆轲已经是一片肉酱了。

秦王心中阵阵发痛，举手将书案上的东西尽扫下来。

众人齐步上前，高呼一声："大王！"

秦王咬牙切齿道："燕丹无礼，如此以卵击石，自寻死路。"走过来，呆呆地看过，就让收拾了荆轲的尸体。那已经不是尸体，而是一堆血肉了。

阳光暴烈地涌进宫殿，荆轲的血肉显得十分骇目地灿烂。那堆血肉似乎在向秦王无声地微笑。

秦王竟不能再看一眼，他一阵头晕。

七年过去了。

高渐离回到咸阳的时候，秦王政已经做了始皇帝了。

高渐离回到咸阳的时候，师诠已经被下狱五年了。

高渐离回到咸阳的时候，荆轲已经被人记在心里了。

高渐离回到咸阳的时候，太子丹的首级已经被燕王喜送到秦王这里五年了。

高渐离回到咸阳的时候，漫天飘飘大雪，天气已经寒冷了。秦始皇正在殿上大宴群臣。

高渐离大步走进宫中，几个武士来拦她。

她怒目看着武士，低声喝道："禀报上去，当年的高渐离要见始皇帝。"她的声音沉沉有力。武士心中一寒，急忙向秦始皇禀报。高渐离解下佩剑和筑，交给武士。

秦始皇已然喝得微醉。他认真地想了想，记起了高渐离这个人。想起了高渐离，便又记起那一个名叫师诠的人。他一时记不清楚那个名叫师诠的人是被他流放了，还是杀头了，还是下狱了。他突然有了一种挺开心的想法。他让人去查那个叫师诠的人。如果活着，就带他进殿来，与高渐离比一比剑法。六国已经扫平，多年没有了征战，始皇帝有些寂寞了。

秦始皇让高渐离上殿。高渐离叩头行礼。秦始皇让她坐下，秦始皇笑道："高渐离，当年你不肯再作密报，为何不辞而别呢？"

高渐离淡淡一笑，没有回答。

秦始皇笑道："往事如烟，不提也罢。朕多年前曾听你演琴，余音而今仍若绕梁。现在天下大定，你可为朕演奏一曲？"

高渐离点头，抬手一招，武士就取筑过来放在高渐离手下。高渐离稍稍闭目，就挥起竹节击筑。

一曲悲怆的音乐弥散开来，群臣很快就被这音乐吸引了。筑在高渐离手下发出疆场征战的厮杀声，有将士倒下去了，士兵们横尸遍野。人们似乎听到一个个勇士向敌人扑去，似乎听到那阵中那万箭齐发的声响。士兵们的惨叫声不绝于耳。少顷，战场空寂无人了，马蹄声碎，夕阳西下，有士兵的呻吟声幽幽传来，人们听到了寒冷的河水奔流着，有人在河边呜咽着。苍凉、悲戚。似有人高歌，又似长猿的叫声，淹没在河水奔流中了。空谷传音，似有万面战旗折断，落进了河水中，漂泊而去了。越来越远，越来越远了……

殿上群臣一片唏嘘。秦始皇听得心碎，眼睛湿了。他蒙蒙中似想到当年荆轲殿上行刺的那一幕，他似乎看到一身素装的荆轲在他眼前冷笑。那双粗重的眉在阳光里似两道黑色的闪电。他还突然想起了韩起，他一阵心痛。突然，高渐离的筑声戛然而止。

众人目光聚过去，只见高渐离目光平淡，端坐在那里。

武士把师诠带上殿来，高渐离和师诠的目光相对，二人皆露出惊讶的表情。自易水一别，二人已经七年未见。师诠已经是满头白发了。高渐离惨惨一笑："师兄一向可好?"师诠眉头颤了一下，脸上却全无表情，淡淡道："好，好。"秦王看到了，哈哈笑了："今天你们两个就在殿下比试。胜者存，败者亡。"

一名武士就把两柄剑扔给师诠和高渐离。

高渐离凄然一笑："一别七年，想不到相逢时却是兵刃相见。师兄，出招吧!"

师诠点头："此是天意。师妹，你先出招吧!"

高渐离笑道："得罪了。"就飞身扑过去。她心念系在秦王身上。师诠似乎看出了，全力挡住高渐离。二人就在殿下拼斗起来。剑气就在殿下卷起。殿中的文武大臣看得眼呆。秦始皇心中突然生出一丝怜爱。他传令二人住手。师诠就和高渐离收了兵器。秦王笑道："也许谁也不会想到，天下闻名的一个乐师，竟有如此好的身手。"

高渐离道："渐离今日复命，只想弃剑，在宫中为皇帝演琴。"

秦王皱眉道："你且退下，容我三思。"

高渐离点头，转身随武士出了大殿。

秦始皇看看师诠："你看如何处理高渐离？"

师诠摆摆手："皇上，我与高渐离同师五载，自然知道她的秉性，渐离当年，是有违皇上之命的。但她并没有坏过皇上的事情，还望皇上……"

秦王点头："我怎么不知？民间已经将荆轲和高渐离的故事传诵得妇孺皆知。我感念高渐离对荆轲一片情义，会放过她的。千古者，忠烈者。我只是不知，高渐离也是入过密门的密报，如何动了儿女情态呢？"秦王突然有些伤感。

师诠摇头："我实在不知。"

秦王笑道："那你又何不是呢？"

师诠一愣，伏身在地："请皇上治罪。"

秦王叹道："事已至此，我还有何话说！你已经狱中坐了六年，我真是忘记你了。你去吧，在李斯那里听用。我不会杀高渐离的。我只想取她的双目，留下她为我击筑。"

师诠心里一颤，脸上微微笑了："多谢大王。"他突然起身，大步走了。

不时，有武士来报。师诠已经在殿外触墙而毙。始皇心头一凛。

第二天，秦王在朝上召见了高渐离。

高渐离伏身跪倒在殿下。

秦王叹道："高渐离，你做我的密报多年。你不该临阵离去。我本该杀你，可我念你多年的功劳，我就取了你的双目，你就在宫中为我击筑吧。"

高渐离一震，叩头谢过。

一个阳光明媚的日子，始皇帝在咸阳城上观看城下的宫女们习舞。霓裳衣彩，飘舞若飞，始皇帝看得有趣，却觉得乐师们演奏得无趣。他突然想起高渐离。高渐离自从被取掉双目之后，还不曾为自己演奏过呢！他挥退众乐师，喊人去带高渐离上来。待人去了。不一刻，高渐离被人领上城来。

高渐离拜过始皇。始皇笑道："这些乐师竟奏不出你的那些神韵。今天你来为我奏一曲吧！"

高渐离就在始皇旁坐下。她舞起竹尺，在筑上击打，一股强劲的乐曲骤然响起。始皇赞叹："果然不同凡响。"

那张筑在高渐离的手中似乎有了神鬼操作，乐曲一波三折，千回百转，突然由欢快的曲子转向了低沉，不知不觉中有了森森的恐怖之气。始皇帝听得心惊，六年前荆轲图穷匕见的那一幕又在他眼前晃动，他似乎看到荆轲正在他眼前微笑。始皇心里一阵颤抖。他刚刚喊一声停下。高渐离突然扔掉竹尺，一张筑向始皇飞过来。始皇慌忙中一闪，那筑擦着他的肩飞过去了。两旁的武士醒过来，上前扭住高渐离。

有人捡起那张筑，惊得叫起来。拿过来与始皇观看，里边竟是注满了铅。

始皇惊魂不定，手指着高渐离："你好大的胆子！"

高渐离微微笑着，并不说话。

秦始皇怒道："我已经饶过你了，你就应该谢恩，如何又来行刺？"

高渐离哈哈笑道："我如何要谢恩？"

秦始皇叹道："你不是豫让。这是何苦？"

高渐离仰天长啸："荆兄，天不灭秦，奈何奈何！"

秦始皇笑道："高渐离，我是知道你的。"

高渐离倚在柱子上，笑道："你知道我什么？"

秦始皇叹道："你本是个女儿身。"

高渐离呆住："你……如何……"

秦始皇闷了一刻："我如何不能知道？"

高渐离怔了怔，点头道："我明白了。师诠现在何处？"

始皇的目光有些痛苦："那师诠那日听到你的双目已替，

便走了。他很爱你，对吧？你们同师数年，你怎么会不解他一片诚意呢？”

高渐离泥塑一般。不语。

始皇想了想，淡淡道：“我感念你对荆轲的一片赤诚，我且再饶你一次。荆轲已经死了。死者不能复生。”

高渐离长长地一叹“你既然已经戒备，我便杀不得你。杀不得你，我活着还有何用？只有随荆轲去了。”说罢，就起身一纵，跳下城去了。始皇定睛去看，只见高渐离红色衣袂飞扬起，像一只鸟儿飞下去了。

始皇呆呆地看。他似乎看到了那只填海的神鸟。他心中悚然惊颤。

一轮大太阳高高地升起来了。暴烈的光芒追逐着空中的浮云。

秦始皇仰天不语，他神色庄重，阳光下，他似一个没有生命的金色塑像。

宦官赵高正端着一盘水果上来，他一抬头，正看到高渐离飘下城去的那红红的身影。他惊得一脚踏空，盘子跌落下来了。碎了。

大 厂

早上一上班，厂长吕建国就觉得机关这帮人都跟得了鸡瘟似的，这年过得好像还没缓过劲来呢。就恨恨地想，今年一定要精减机关。在走廊里，工会主席王超见面就跟吕建国诉苦，说厂里好几个重病号都住不了院怎么办？吕厂长您得想法弄点钱啊。吕建国含含糊糊地乱点着头说，行行，就往办公室走，心里直骂娘：我他妈的去哪偷钱啊？

进了办公室，吕建国发现窗子没关，早春的寒风呼呼往屋里灌着，窗台上的那两盆月季花都打蔫了。吕建国忙着关上窗子，才发现窗子的插栓坏了，就又忙着找铁丝想把窗子拧上。厂里越来越不景气，日子长长短短地瞎过着，已经两个月没开支了。前任许厂长让戴大盖帽的带走了，据说是弄走了厂里好几十万块钱，工人们恨得牙疼。吕建国上台一年多了，也没闹出什么起色来，春节前倒闹出来两件大事。

一件是厂办公室主任老郭陪着河南大客户郑主任嫖妓，让公安局抓了。今年郑主任要跟吕建国订一千多万的合同呢，所以吕建国叮嘱老郭，姓郑的要干什么，你就陪着他干什么，只要哄得王八蛋高兴，订了合同就行。郑主任是个酒色之徒，那天喝多了，非要找鸡玩玩。老郭傻乎乎的就真去找了两个鸡，也闹不清是正嫖着还是刚刚嫖完，公安的就踹开门进来了。要是乖乖地让人家逮走，关上几天，再罚点钱，也就没什么事了，偏偏那天老郭和姓郑的都喝多了，跟公安局的动手打起来了。那个郑主任可能是练过几下子，还把两个警察给打坏了，一个打成了乌鱼眼，一个打得下巴脱了钩，还一劲瞎嚷嚷哪里有压迫哪里就有反抗，问题就严重了。人到现在还没放出来呢。郭主任的老婆又哭又叫，天天到厂里来找，要求厂里快快把老郭保出来，老郭是为革命工作去陪客的，是为革命被捕的。闹得吕建国乱藏乱躲，像个地下党。

第二件是厂里唯一的一辆高级轿车丢了。前任许厂长买了不少高级轿车，吕建国一上台都卖了，就留下一辆车为了跑业务，怕被客户们瞧不起。春节前，市里管计划生育的钟科长的儿子结婚，说要用用车。厂里管计划生育的老吴不敢得罪钟科长，就死乞白赖地跟吕建国求情，把车借出去了。谁知道开车的小梁那天接了亲就没回来，让人家留下喝酒，等喝完了酒，晕晕乎乎地出来，车就没了。

不光这两件窝心的事，还有那一大帮要账的，住在厂招待所里不走，嚷着要在沙家浜扎下去了。这帮人吃饱了喝足了睡醒了打够了麻将，就到厂里乱喊乱叫各办公室乱窜着找吕建国要钱，有几个还在吕建国家门口盯梢，跟特务似的。吕建国实在藏不住了，就和党委书记贺玉梅在饭店请这帮爷吃了一顿。这帮爷一边吃一边骂，说欠账不还是什么玩意啊？贺玉梅赔着笑说：我们已经撒出去大队人马要账了，一回来钱，马上还大家。吕建国也满脸堆着笑说：我姓吕的也是要脸的人，也不愿跟各位要滚刀肉啊，实在是没钱啊。不瞒各位，我刚刚回来点钱，也得给工人们发工资啊。就快过节了，我要是一分钱不给职工发，我这个厂长还是人吗？求各位替我想想，我给各位磕头了，说着就四下作揖，揖着揖着就泪流满面了。弄得这帮人也说不出什么来了。山东的老刘苦笑道：吕厂长把话说到这个份上了，那就算球的了，我们先回去过年吧。于是，这帮爷们就忙着回家了。吕建国算是松了口气，也忙着没头没脑地过年。

吕建国年也没过好。大年初一，郭主任的老婆又找上门，进了门就嚎，吕建国急不得恼不得，连蒙带劝把她哄走了。大年初二，厂里的总工袁家杰来拜年，又说起他想调走的事情。袁家杰是吕建国的同学，现在是技术上的台柱子。吕建国好话说了一火车，袁家杰阴着一张脸也没说不走的话。吕建国心里起火，就一下子病了好几天，发高烧，厂卫生所还没药，说现在除了量量体温血压什么的，别的都不行。吕建国的老婆刘虹在电厂上班，慌着把电厂的医生请来，给吕建国打了几天针，才算好些了，可嗓子眼还是肿肿的。

好容易过了年，吕建国一上班，就把丢车的事交给秘书方大众办去了。方大众有个同学在派出所，想求那个同学卖卖力气，快点把车找回来。吕建国则去公安局说好话，先得把那位郑大爷弄出来再说啊。本想拉着贺玉梅一块去，可是贺玉梅回老家看老娘了，吕建国只好自己去，可是去了几趟都让公安局的呛回来了，公安局的说：你还是厂长呢，这是什么性质的事情啊？你还有脸找？嫖娼不说，还敢打我们，不好好治治要造反了哩。吕建国没办法，就又到处找关系。昨天晚上，吕建国跑了好几家，可找谁谁都嘬牙花子，都说不好办，吃了什么了？撑得敢打公安局的？弄得吕建国灰溜溜的。昨天贺玉梅上班了，吕建国就让贺玉梅去找找梁局长，请梁局长找人把那两个混蛋弄出来。吕建国最近跟梁局长关系挺紧张，有一次开厂党委会，吕建国说局里就知道天天开会，不干正事。不知道这话让谁捅给了梁局长，还给歪曲了，说吕厂长说梁局长不干正事，梁局长见了吕建国就直翻白眼。局里有跟吕建国不错的就告诉了吕建国，吕建国气得牙疼了好几天，可又不能跟梁局长解释，这种事越描越黑。贺玉梅跟梁局长关系挺好。贺玉梅是工农兵大学生，毕业后跟着当时还是科长的梁局长当科员。后来梁局长当了局长，就把贺玉梅提拔起来当局团委书记，去年厂里换班子，她就来当了党委书记。

吕建国找了根铁丝，把窗子拧上。屁股还没坐稳，财务科长冯志文就苦着一张刀条脸进来了，朝吕建国嚷嚷着：我这个科长不当了，厂长您另派别人吧。

吕建国笑道：你是不是过年吃多了，还没消化呢，乱叫唤什么？

冯科长骂道：赵明不肯交钱，说要钱没有要命一条，我去找他，他还想动手打人呢。我这个财务科长成什么了？我不当了。

吕建国脸上就硬了：他不是说过了年就交钱的吗？说话是放屁呢？这事你别管了，我去找他。

冯科长苦笑：您去？怕是您也要不回来的，他就听齐书记一人的。

吕建国说：我就不相信他赵明没钱。对了，现在有回款的没有？

冯科长摇头叹气：也就是回来仨瓜俩枣，现在谁还钱啊？节前撒出去十几个人，要回万把块钱来，还不够差旅费的呢。这月的工资也还没影呢。

吕建国想了想：催催市里的几家，四海商行该咱们六十多万呢，弄回来够开工资的了。

冯科长摇头笑道：四海商行的赵志高是个地痞，怕是更不好要了。我去了好几趟，连人影也见不到。说完冯科长起身走了。

吕建国就给方大众打电话，想问问那车找得有没有眉目了。方大众不在。吕建国想了想就给袁家杰拨电话，想找袁家杰谈谈。他不想让袁家杰走，现在厂里的技术还真得靠老袁呢。袁家杰办公室也没人，吕建国骂了一句就放了电话。门一推，党委书记贺玉梅进来了，脸上血拉拉的好几道子。吕建国吓了一跳：怎么，又干仗了。

贺玉梅叹口气，眼睛就红了：这日子没法过了。就坐下闷闷地叹气。

贺玉梅两口子最近总干架。爱人谢跃进原来在局里当办公室主任，前几年下海开了个公司，听说挺挣钱的。谢跃进有了钱就不安分，贺玉梅管不了，两人总打架。她是个挺要强的人，好几回想离婚算了，可又下不了狠心。吕建国也做过工作，说你刚刚当了书记就闹离婚就不怕别人说你什么吗？贺玉梅活得真是挺难的。

吕建国叹口气，他想不出怎么劝贺玉梅。班子里，他跟贺玉梅挺团结，纪委书记齐志远和赵副厂长几个都跟他尿不到一个壶里。老齐和老赵原来都憋着要当书记，当厂长的，恨吕建国抢了饭碗，总跟他弯弯绕。贺玉梅家里又是这样一个情况，天天脑袋耷拉着，心不在焉。吕建国就觉得自己挺孤立，就后悔不该当这个球厂长的。

吕建国就问：你去找梁局长了吗？他怎么说？能保出来吗？

贺玉梅苦笑：我昨天晚上找他了，他说给试试。看样子他不想给使劲的，谁让你说他坏话来着。

吕建国骂：就是老齐那家伙乱造谣，我什么时候说过那种话的？

贺玉梅笑道：反正你是洗不清了。你这两天找公安局怎么样？

吕建国叹道：一下半下不好说的，那两个公安局的躺在医院不出来，听医院的偷偷告诉我，两人都不在医院睡觉，早就好了，每天到医院去一趟就是乱开药，什么鳖精啊太阳神啊的乱开一气。昨天又交给我两千多块的药条子，让报销呢。

贺玉梅恨道：真黑啊。

吕建国皱眉道：先不说这个了。老袁找你了吗？他坚持要走，得想办法留下他啊。

贺玉梅苦笑：你留不下他。换我也走，我听说那家乡镇企业一月给他两千块，还不算奖金。现在咱们厂都快开不出支了，有点本事的都想往外蹦呢，袁家杰这算是开了个头啊。

吕建国叹了口气：我想再找他谈谈。

贺玉梅摇头说：谈也没用，别看你俩是老同学，关系又铁，现在这社会都认钱了。

两人就闷闷的，觉得没什么话说了。都感到挺压抑。

贺玉梅站起身：我去车间看看。三车间那点活挺吃紧呢，别误了工期啊！

吕建国想起赵明的事，就说：刚刚老冯来了，说赵明欠承包款还不给，还骂人，这事真是难办了。我想终止这小子的合同，你看呢？

贺玉梅想了想：还是跟他谈谈，咱们得关着点他姐夫的面子啊，总是常常用人家，慎重点的好。

吕建国皱眉道：可这小子也太给鼻子上脸了。我去找他谈谈，他要是硬不交钱，就停了他算了。有的是人想承包呢。不然工人们还觉得咱们吃了他多少黑心钱呢。

贺玉梅笑笑：那你可得注点意，那小子是个二百五。说完就走了。

吕建国心说你贺玉梅是不是激我啊，你以为我怕他赵明啊。操蛋的，我偏找他试试。他抬起屁股就要去找赵明，桌上的电话急急地响起来了。

电话是妻子刘虹打来的。刘虹说：咱们村的志河来了，想弄点废钢材，你就给他弄点吧，也算咱们老三届支援贫困地区了。

吕建国苦笑道：你说得容易！我倒是有啊？志河是当年吕建国和妻子下乡那个村的团支部书记，这几年在村里开工厂，闹腾得挺欢实。每年都给吕建国送土特产，什么地瓜干儿啦，玉米碴儿啦小米啦绿豆啦，吕建国就有点烦了，集贸市场有的是，还送这干什么啊，还得知他们的人情，这老乡们是越来越精了。

刘虹不高兴道：我就不相信你办不了这事？刘虹要面子，当年的老乡们一找她她就帮人家。

吕建国想了想：他要多少？我这儿可也不好过呢，还到处找米下锅呢。

刘虹笑道：他要不多，看把你吓的。你回来一下吧。跟志河坐坐。咱们找个饭馆吃点得了。

吕建国为难地说：我真是脱不开身啊，现在我正找人忙着往回弄车呢。

刘虹笑道：找回来也没有你一个车轱辘啊，志河可是等着你呢。

吕建国恨不得给妻子磕头了：你就替我解释解释吧。我真是脱不开身啊。

刘虹无奈地说：那我先陪志河喝着吧，你要是有空就来一趟。就放了电话。吕建国就拔脚去找赵明了。

这几年厂里效益不好，在厂门口盖了一个饭馆。来了业务在那儿招待，方便，也比在街上吃便宜。盖好了就让销售科承包了。谁知道，饭馆弄得不像样子，价钱还挺宰人。厂里再来了客人，还是得到市里的饭店去吃，饭馆就冷清了。前年，销售科就又把饭馆转包给了赵明。赵明是个滚刀肉，厂里没人敢惹他。前年的承包费就没交，说是赔了。前任许厂长屁也没敢放一个，就算拉倒了，去年吕厂长上台，就重新找人承包，可是赵明把价钱抬得高高的，几个想承包的都吓跑了，于是还是给赵明承包了，讲好每年向厂里交十万块钱。春节前，赵明赖着说没钱，过了年一定给，这又不给了。吕建国心里蹿火，就准备亲自去找赵明谈谈。

吕建国走到厂门口，突然又停下了，他想自己去找赵明要是谈崩了怎么办，那小子仗着他姐夫是市委常委，谁的账也不买。这年头反正有点背景的，都鸡巴硬硬的。吕建国就多了个心眼，在门卫给保卫科打电话，保卫科有人接了电话，听出是吕建国，就忙说：我给您找徐科长啊。吕建国听见电话里边吵吵嚷嚷的，心里就烦。这些日子厂里总丢东西，年前四车间还丢了一台电机，保卫科长老徐从各车间抽调上来十几个人，夜里乱转，徐科长的两眼熬成了猴屁股，也没逮住谁。可东西还总是丢。

等了一会，徐科长接了电话。吕建国说：你来一趟。就低声说了去赵明饭馆的事情。老徐笑道：行，我就来，这小子欠钱不给，还挺牛的。厂长，这事你是该出马了。

贺玉梅进了三车间，见工人们正在扎堆说什么呢，就笑道：上班扎堆聊天，小心我扣你们的工资啊。工人们就轰地笑起来，有人说：贺书记，您扣什么啊？都两个月不开支了。说着就散了。

车间主任乔亮说：贺书记啊，您来得正好，您看这事怎么办啊？章荣师傅病了，他儿子刚刚找来了，跟我大吵了一通，说厂里卸磨杀驴，他爸爸干不动了，也没人管了。还骂骂叽叽的，讲了些不三不四的话。要不是看在章师傅面上，我真想揍他。

贺玉梅问：章师傅怎么了？

乔亮苦笑道：还是他那老病。去年老汉有两千多块钱的药条子没报销，不是厂里没钱嘛！这回老汉说什么也不去住院了。

贺玉梅就心里乱乱的。章荣是厂里的老劳模，还出席过全国的劳模大会，也是市里的知名人物了，现在弄得药费都报不了。这事传出去，让人家怎么看啊！贺玉梅硬硬地说了一句：你到章师傅家把那药条子，要来，我去找吕厂长签字，报销。

乔亮苦笑：厂里不是没钱吗？

贺玉梅说：有钱没钱也得给章师傅治病。他那些年没日没夜地干，累了一身的病，老了老了，连病也看不了，日后谁还干活啊！我听说财务刚刚进了一万多块钱的回款。

乔亮看看贺玉梅，眼睛就潮了：贺书记，我不是当面奉承您，您这话叫话。现在真是没人好好干活。您知道，现在连工人阶级都不叫了，叫什么？叫工薪阶层。厂长不叫厂长，叫老板。真是操他妈的，都成了打工的跟资本家的关系了，还有鸡巴什么主人翁责任感？工人们都骂，说办公室老郭带人去OK，还嫖，给抓起来了。厂里用的这叫什么鸟人？

贺玉梅不耐烦道：行了行了，别乱说了，你那嘴整天没个准头。那个姓郑的想嫖，老郭不带着去行吗？咱们指着人家的合同呢。这个月的活能按时完成吗？

乔亮苦笑道：看看吧，我也吃不准，现在大家都憋着要工资呢，没钱大家不愿干。这半年多，我可是让人骂着过来的啊。

贺玉梅笑道：少哭穷，你上个月卖废铁的钱都哪去了？听说你卖了好几千呢。

乔亮吓了一跳，心说这车间里有汉奸呢，嘴上就叫：冤死了。好几千？我偷去啊？

贺玉梅笑道：你急什么？我又没说没收你的。反正你能让工人干活，我就不管你。

乔亮笑道，您真是个开明领导，不像吕厂长天天黑着个脸。

贺玉梅笑说：你小子当着我骂吕厂长，当着吕厂长骂我。迟早我和吕厂长得当面对质。你忙不忙？要是不忙，跟我去看看章师傅。

两人就骑着自行车出了厂，到了街上，进了一家食品店，买了几听罐头两袋奶粉出来。刚刚上了车，贺玉梅就听到有个女的喊她，回头一看，就跳下车来，笑了：袁雪雪，你打扮这么漂亮干什么啊？

袁雪雪穿得挺洋气，骑着一辆大摩托车，赶过来就停住，笑道：老远看着就像你们。袁雪雪是袁家杰的妹妹，原来是厂里的车工，嫌累，前几年辞了职，跟男人去开饭馆了。听人说她钱都挣海了，还花了几十万买了一套商品房呢，有人去过，说里边装修得跟宫殿似的。

袁雪雪看看乔亮手里提的东西，问：你们这是去哪破坏党风啊？

乔亮笑说：章荣师傅病了，我们去看看他。

袁雪雪皱眉道：我听说他病得挺厉害的？就掏出一百块钱说，你替我给章师傅吧。贺玉梅忙说：我可不给你带这个，要去你自己去吧。

袁雪雪就笑：怎么，还怕我脏了谁啊？就骑上摩托嘟嘟地跑了。

贺玉梅看着袁雪雪的背影，就苦笑道：袁总一肚子学问也赶不上他的这个小学没毕业的妹妹啊。

乔亮笑道：现在谁出去干都比在厂里傻干强。要不袁总也要走呢。

贺玉梅看看乔亮：你也听说袁总要走的事情了？

乔亮笑道：这种事还能瞒住谁啊？厂里都嚷嚷动了。

吕建国和徐科长去了赵明的饭馆。进了门，没几个人吃饭，可能是刚刚过了年的原因。两个打扮得花大姐似的服务员正跟一个大胡子男人乱逗呢。那个大胡子吕建国认识，是赵明的一个哥们，姓蔡，市委秘书长的外甥。

蔡大胡子起身笑道：吕厂长啊，哟，徐科长也来了。有饭局？

吕建国问：赵明呢？

蔡大胡子笑道：赵老板两天没来了，有事跟我说一声吧。

吕建国说：他去年的承包费还没交呢。什么时候交啊？

蔡大胡子笑道：这事啊，不瞒您说，现在真是没钱。

吕建国冷笑一声：没钱？鬼才相信。你告诉赵明，不交钱，厂里就把这饭馆封了。

蔡大胡子脸上就硬了，恶笑道：吕厂长，你也太凶了点吧。

吕建国火往上撞：凶？我今天就是要凶一凶了。我要是让你们坑厂里，我这个厂长就不是厂长了。老徐，把门给他们封了。

雅间的门就开了，赵明走出来笑道：吕厂长，有话慢慢讲嘛。

吕建国看了他一眼：你好容易露头了。什么时候交钱啊？

赵明嘿嘿笑道：烦不烦啊？不就是那点破钱嘛？都催了几回了？我不是不想交，可眼下真是没钱。这事我已经跟齐书记讲过了。齐书记也答应了。

吕建国一愣，没想到赵明把球踢到齐志远那里去了。

赵明一脸不耐烦：吕厂长，都是公家的事，您真是何必呢？

吕建国道：那好，我跟齐书记核实一下再找你。老徐，咱们走。就转身出来了。走出好远，老徐苦笑道：厂长，就这么算了？吕建国眼一瞪：算了？我先看看老齐是怎么乱答应的！就大步走了。

吕建国去了齐志远的办公室，齐志远不在，在走廊里迎面碰到了袁家杰。吕建国笑道：我一上班就找你，去哪了？

袁家杰皱眉说：我去四车间了，我想走之前把这批活弄完。

吕建国笑道：谁说同意你走了。真事似的。

袁家杰不笑：厂里真要是不同意，那我就辞职。

吕建国怔住，呆了呆，就问道：你真是铁心了？

袁家杰看吕建国一脸凄楚，就叹了口气，动情地说：建国，你跟我一块走吧。这个破厂有什么待头啊？你这个破官有什么当头啊？

吕建国摇摇头，空空地一笑：家杰，我可真不是舍不得这个破官。说实话，自上台那天起，我就后悔得肠子都疼了。我是没脸走，厂里现在这种样子，两千多工人还指着咱们这几块破云彩下雨呢。我现在走了，我算怎么回事啊？就算是今后发了大财，我也没脸见大伙儿了。

袁家杰一愣，冷笑一声：你是说我吧？就生气地转身走了。

吕建国愣愣地看着袁家杰的背影，一时想不出自己哪句话说错了，苦苦一笑，转身回到自己的办公室。

刚坐下，门一开，齐志远笑嘻嘻进来了。吕建国忙说：我正找你呢。

齐志远一屁股坐在沙发上，笑道：找赵明了吧。我刚听老徐说了。

吕建国看了齐志远一眼：我正要问你呢，你答应赵明不交钱了？

齐志远笑道：我是他什么人啊？我替他担保啊。没有的事。

吕建国说：那我今天就停了这小子，把门给他关了。

齐志远忙说：厂长，咱们不能跟他来硬的啊，他姐夫是市委常委，咱们惹不起啊。

吕建国看看齐志远：老齐，咱们都穷成这样了，还怕什么常委不常委的？这十万块钱，够全厂发奖金的了。我去告诉赵明，他要是两天之内不把钱交来，就叫他滚蛋。

齐书记脸一红：你别火，我去跟他说说，也许这小子手里是没钱。

吕建国说：他爱有钱没钱，没钱就去给我借，反正得交。

从章师傅家里出来，已经快中午了。贺玉梅和乔亮半道上分了手，在小饭馆吃了饭，她就去了谢跃进的公司。这几天谢跃进真是给鼻子上脸，有时半夜也有女人往家里打电话，弄得贺玉梅心里起火。昨天晚上两个人吵起来，还动了手。她知道谢跃进的公司里有一个叫方晶的女孩，最近跟谢跃进打得火热，整天黏黏糊糊的。贺玉梅决定去公司看看，顺便问问妹妹贺芳。

贺玉梅想来个突然袭击，轻手轻脚进了谢跃进的办公室，谢跃进正躺在沙发上打呼噜，嘴角还淌着口水，挺难看的睡相。脑门上两道子伤痕，那是昨天晚上让贺玉梅抓的。贺玉梅正要悄悄出去，就听到有人在她背后笑道：姐，你来了。

贺玉梅回头一看，是妹妹贺芳。贺芳手里拿着一张电报，看看躺在沙发上的谢跃进，就把电报放在了谢跃进的办公桌上，回头低声对贺玉梅说：有事啊？

贺玉梅就转身走出去，姐妹俩进了贺芳的办公室。贺芳前几年在农村干得不耐烦，就进城投奔姐姐，贺玉梅给她找了份临时工，又让她上夜大读书。她读完了夜大，就来姐夫这里当了公关部主任，天天打扮得花大姐似的，跟刚进城那会儿判若两人。贺玉梅常常感慨这城市真是把贺芳同化了。

贺芳给贺玉梅冲了一杯热奶。贺玉梅笑道：我喝不了这东西，你还是给我冲杯茶吧。

贺芳笑道：你总是赶不上潮流，这东西美容。

贺玉梅接过贺芳递过的茶，呷了一口，笑道：你上次见过的那个怎么样啊？也不给个信，人家都等不及了啊。

贺芳笑道：我早就把他忘了。他长得什么样来着？我现在已经回忆不起来了。说着就咯咯地笑起来。

贺玉梅就不大高兴，都二十八岁了，见过的男人快一个排了，没有一个看上眼的，也不知道她心里憋着嫁给谁呢？她好像也不着急，真让人摸不透。刚刚进城几年，就比城里人还城里人啊。为这事贺玉梅跟谢跃进说过好几回了，让他帮着贺芳找一个。谢跃进答应得挺好，可就是没动静，对这个小姨子的终身大事似乎没放在心上。

贺芳问：你找谢总有什么事？

贺玉梅笑道：什么谢总谢总的，他是我男人。

贺芳脸一红，也笑了：我几乎都记不得你们是两口子了。

贺玉梅想问问谢跃进最近的情况，可是张不开口，这种事不好跟妹妹讲的。可要是不问问，心里又放不下，就说：小芳，你姐夫是不是跟你们公司一个叫方晶的挺那个的啊？

贺芳一愣，就笑：挺哪个的啊？你说什么呢？

贺玉梅就皱眉道：你姐夫那人爱花花，你可替我盯着点啊。

贺芳脸一红，说：姐，让我说你什么好啊。姐夫干的是生意，生意场上的事离得开吃喝玩乐吗？你真是的，那个方晶是什么层次啊，亏得你还能想到她身上去，真是抬举她了。

贺玉梅就笑：嘀，嘀，我这才说他几句，你这个当小姨子的就吃劲了。不说了。就站起身说：我今天是有事找他，明明的学习最近下降得厉害，学校找了我好几回了。我想让他去学校一趟，跟老师说点好听的，哄哄人家。

贺芳就笑道：姐夫天天忙得恨不得长出四只手来，这事你还烦他啊！你自己去办办不就行了嘛。

贺芳送贺玉梅下了楼就回去了。贺玉梅拐弯去了百货公司，想去给自己买一件风衣，上次她看中了一件，浅绿色的，一千三百块钱。她想买，又怕穿出去让厂里人说闲话。最近她咬咬牙，还是想买下来。谢跃进开的这个公司，也没见他怎么费劲，可钱就挣得倒流水似的了。贺玉梅知道，实际上是市委的头头在后边撑着腰呢。贺玉梅恨得不行，厂里的工人们死干活干，也挣不来多少，钱就都让谢跃进这些人挣去了，这世道可真是有点不讲理了啊。谢跃进月月提回好些钱来，开始贺玉梅还挺高兴，后来就害怕了，她担心迟早谢跃进得让抓进去。

贺玉梅到了百货公司二楼，售货员说那种风衣早卖完了。贺玉梅心想这年头有钱的还真是不少呢，就怏怏地出来。走到存车的地方，刚刚把车子推出来，就听到有人喊她的名字。她回头看，就笑了。

吕建国中午在厂食堂吃了点，躲过了饭口。他怕跟志河喝酒，那家伙太能喝，每次都得把吕建国灌醉。吕建国不喝，志河就跟在自己家里一样理直气壮地不高兴，还使性子。儿子吕强背后就骂，说农民都这样，你越对他客气，他就越上脸，就敢在你家地毯上大模大样地吐痰。开始吕建国不爱听，可渐渐地也特别烦村里那帮乡亲，尤其烦志河。进了家，浑身酒气的志河正躺在吕强的床上，四仰八叉地呼呼大睡，大脚片子朝着门，袜子也扒了，一股汗臭在屋里弥散。吕强没在家，一定是躲出去了，大概又跟女朋友跳舞去了。吕强大学没考上，小小年纪开始乱搞对象了，气得吕建国没话说。刘虹还挺惯着吕强，两人就这么一个儿子。

桌上留着刘虹写的一张条子，说她有事到厂里去了。吕建国看了就轻手轻脚地躺到沙发上，闭着眼想厂里的乱事。想着想着，脑袋就沉了起来，刚要睡着，就有人敲门。他迷迷糊糊地应了一声，方大众就满头大汗地跑进来，笑道：厂长，车找到了。

吕建国马上精神了，压着嗓子问：真的？你这个同学还真办事。

方大众朝吕建国伸手：厂长来根烟抽。我的烟扔在派出所了。

吕建国忙打开抽屉，掏出一包红塔山，扔给方大众：奖给你了，快说说。

方大众低声说：妈的，就是结婚时来的那帮人中一个小子偷的，把车卖给下洼村了。真他妈的胆大，把牌子换了就开出来了。也该着，派出所的去调查的时候，那辆车就在村边停着呢。

吕建国说：现在怎么着呢？

方大众说：派出所让去看车呢。

吕建国急道：那你就去一趟吧！

方大众笑：那我就去一趟。不过得请派出所的一顿吧，人家挺辛苦的。

吕建国说：行。你就看着办，也别太那个了，咱们是穷厂，工人们挣点钱血苦的，不容易。财务上也就一万多块钱，还是刚刚追回来的呢。

早春的太阳明晃晃的，可风还是挺寒的。吕建国一路上打了好几个喷嚏，就觉着今天又不顺。他这些日子挺迷信的，总觉得要出点什么倒霉的事。他昨天晚上在家里跟志河喝了一场，又差点被灌趴下。志河一身高档服装，要不是那口土话，真像个城里的大款。志河一劲夸吕建国，说当年村里那些知青，就数吕建国有出息。吕建国听得挺受用，就迷迷糊糊地喝多了。志河就提出要十吨钢材，吕建国就醒了些，说这种事他一个说了不算，得跟书记商量商量。志河就有点不高兴：你当厂长还说了不算啊。刘虹也在一旁说：建国你就给办办嘛！吕建国不好当着志河的面顶刘虹，就说过两天我给你话吧。现在厂里有几件烂事，等我处理出个眉眼来。志河就取出一个大信封，厚厚的往吕建国怀里塞，说是让吕建国买几包烟抽。吕建国酒就全醒了，忙说：咱们不闹这个，还不定办成办不成呢，要是来这个就成经济的事了。志河就尴尬地看刘虹，刘虹笑道：志河啊，建国可不是当年在乡下偷鸡的时候了，现在看不上这几个钱了。吕建国嘻嘻笑，没说话，心里骂刘虹爱小便宜，自己干这个要是传扬出去，在厂里就没法待了。

吕建国早上起来，已经把志河的事扔到脖子后头了，上班的路上就想着今天要拉上贺玉梅去找梁局长。梁局长总不能不给贺玉梅点面子吧。局里的人都知道贺玉梅跟梁局长好得不行，闲话委实不少。梁局长的爱人跑到局里闹过好几回了，为这事，才把贺玉梅放下来当书记的。可跟贺玉梅相处了这一阵子，吕建国又觉得这个人挺正经的，不像传说的那样啊？

一进贺玉梅的办公室，就看到贺玉梅和工会主席王超正在说什么呢，吕建国笑道：说我坏话呢？

贺玉梅抬头看看吕建国，说：正好，要找你呢。五车间一个工人的女儿病了，想借点钱呢。

吕建国连连摇头：不借不借。不是规定了嘛，私人一律不借款。

贺玉梅道：这次特殊。老王，你跟厂长说。

王超就说五车间小魏的女儿得了白血病，要做手术，得好几万块钱。小魏女人的厂子没效益，小半年不开支了。小魏还是车间的生产骨干呢。吕建国听完就闷住了，呆呆地抽烟。

贺玉梅想了想说：老王，工会能不能救济救济啊，你们不是还有工会经费呢嘛！

王超苦笑道：那才几个钱啊。下个月就是三八妇女节了，我正在发愁给女工们发点什么呢，还想让厂长赞助我点钱呢。

吕建国摇头叹道：厂里真是没钱啊！这可怎么办啊？

三个人谁也不说话了，空气中有一种让人压抑的味道在弥散着。吕建国看着窗台上，那几盆花实在是该浇水了，叶子都蔫蔫的，好像要枯萎的样子。

王超想了想说：算了，我先跟医院说说，先让孩子住院啊。现在医院没押金不收。我小姨子的婆婆在医院当副院长呢，我先找找她吧。

贺玉梅笑道：太好了，有这个关系你怎么早不说啊。你快去吧。

王超走了。贺玉梅叹了口气：厂长，你看这事该怎么办啊？

吕建国痛苦地摇摇头：玉梅，我最近好像傻乎乎的，什么事都没主意。眼瞅着……算了，先不说这事了。先说怎么把那姓郑的小子弄出来吧，我都愁死了。操他妈的！

贺玉梅苦笑道：你跟我乱骂有什么用嘛。

吕建国也笑了：我是急得不知道怎么好了。咱俩去找找梁局长吧，真得让他说话了。他认识人多，找找人把那混蛋放出来，哪怕破费点呢。我得罪了他，我去跟他说好话。

贺玉梅道：就怕梁局长不管这事。梁局长滑着呢，这种破事他躲还躲不及呢，他肯往泥里踩啊？

吕建国一瞪眼：他是主管领导，不管怕是说不过去吧。

贺玉梅摇头叹道：厂长，你真是实在。行，咱们去一趟。现在就去？

刚刚出门，徐科长急步走来了，喊着：吕厂长，贺书记。

贺玉梅问：什么事？

徐科长说：昨天晚上抓住了，四车间的，六个工人，年前那台电机也是他们偷的。

吕建国大怒：人呢？

徐科长骂：几个王八蛋都让我关在保卫科了。我让人接着审呢。

贺玉梅忙说：老徐，你可不能打人啊！把事情弄清楚再说。

徐科长说：厂长，您是不是去看看啊。开除他们算球了。

贺玉梅说：开除不开除，你说了不算。老徐，你接着问。我得跟吕厂长去找梁局长。有事呢。

梁局长正在开会，吕建国和贺玉梅就在办公室等着。等了一会，吕厂长不耐烦，就溜到会议室去扒着门缝听。就听到里边正嘻嘻哈哈地说笑话呢。梁局长有声有色地说他们家楼上的市委宣传部长老孙，天天给老婆按摩，按摩得他老婆性起就乱叫，就跟老孙复习夫妻功课，复习得老孙面黄肌瘦，天天跟犯了大烟瘾似的。众人就乱笑。吕建国听了半天，没一句正经的，就气嘟嘟地回来了，见贺玉梅正看报纸，也拿起一张报纸看，也不知道看的是什么。

过了一会，走廊里乱响。吕建国知道散会了，忙站起来。

梁局长端着个大茶杯走进来，朝两人笑笑：这会开的，学邓选，学着学着就扯开了不正之风。乱七八糟的，也没学多少。你们喝水不？

贺玉梅忙笑道：不喝。您快坐吧。我们就是那点事，请您去帮着跑跑。您答应了我们马上就走。

梁局长苦笑道：这事情你让我怎么跟人家张嘴啊？

吕建国赔笑道：不管您怎么去讲，反正您得赶快把人帮我们弄出来，那小子手里有咱们一千多万合同呢，不能为这事泡了汤啊。

贺玉梅也说：是啊，局长，厂里今年还指望这一千多万活命呢。

梁局长皱眉道：嫖妓这事就够操蛋的了，还打警察。你们怎么让老郭干这种事啊，找个理由推了就得了嘛，打打麻将什么的，跳跳舞什么的，再不行去洗洗桑拿浴，也挺过瘾的嘛！说着，就嘿嘿地笑。

吕建国红着脸说：您现在说什么不是也晚了嘛。

梁局长叹道：你们总是找麻烦。我去试试，可不一定行。你也别抱太大希望。对了，那车有信了吗？

吕建国答道：派出所说有点眉目了，看看怎么办吧。就说了方大众的消息。

梁局长道：找到了就好，不过，这年头我有个经验，凡事太顺了，就不是什么好事了。不定还出什么妖事呢，你们也别高兴太早了。

吕建国笑道：局长说得是。心里骂：你盼着我们出事才高兴呢。

梁局长看看表，就站起身：就这样吧，我抽时间去公安局找找。你们也别太指着我这块云彩下雨啊，这年头的事情真是不好办呢。再说企业早就转换经营机制了，什么事局里不管了，你们今后别再跟局里找麻烦了。边说边送贺玉梅和吕建国出来，他走在前边，眼角的余光看到梁局长好像在贺玉梅的腰上拧了一把。贺书记脸上笑着没吭气。吕建国就想传说梁局长和贺玉梅有那种事一定是真的了。

从梁局长那里回来，一路上贺玉梅皱眉想着，突然说：老吕，我想起来了，找老齐啊，公安局陈副局长是他党校的同学呢。我这脑子，真是乱了。

吕建国苦笑了：我早就知道，可是找老齐不如不找，他恨不得咱们出点事才好呢。有些人你就别指着他给成事，他不给你坏事你就算是念佛了。

贺玉梅笑道：你这人就是太倔，把人想得太绝对。我去跟他说。

吕建国笑道：你就去试试。

保卫科关着那六个偷铁的，吕建国老远就听见徐科长沙哑着嗓子乱吼乱喊：我操你们八辈祖宗！谁带的头，说！

六个人低着头，谁也不吭气。

说话啊！徐科长又炸雷似的吼了一声。一个小个子站起来，沮丧地说：徐科长，反正事情犯了，您就看着处理吧，该怎么着就怎么着。

徐科长一把揪住小个子的脖领子，狠狠打了一个耳光：你他妈的还嘴硬。

小个子栽倒在墙角，血就流下来。老徐怒气不息地冲过去，还要打。这时，吕建国进来了，伸手挡住老徐。

小个子就吼起来：姓徐的，老子犯了法有国家处理，也轮不着挨你小子的黑打。吕厂长，你都看到了吧。

吕建国骂道：怎么，你们不该打是怎么着？厂子穷兮兮的你们还鸡巴偷，偷谁啊？打得你们轻！

有人就低低地说：现在干活也没钱，总不能让人饿死吧。

吕建国冷笑：就你们怕饿死啊？全厂两千多人都不怕啊？你们看看你们自己那样子，送进公安局判个几年也不冤。

几个人就胆小了，领头的问：厂长，还真送啊，我们退赔还不行啊？

吕建国黑下脸来：先把东西弄回来再说。你们……

话没说完，门就开了，方大众探进头来，朝吕建国说：吕厂长，您出来一下。

吕建国吩咐徐科长：让他们每人都写交代材料，等候处理。转身就出来了，徐科长忙跟出来：厂长，怎么处理啊？开除吗？吕建国恨道：往哪开？都开到社会上去？他们找谁吃饭啊？吓唬吓唬算了。徐科长笑笑，就进去了。

方大众正在门口等他，吕建国笑问：弄回来了吗？

方大众气呼呼地骂道：操他妈的，真不像话，车是找到了，可是开不回来。

吕建国纳闷道：你没带司机去啊？

方大众说：司机也没去，老百姓把车轱辘都卸了，还差点把咱们的人给打了。人家说得也有道理，这车是我们花钱买的，我们不知道是偷来的啊。

吕建国皱眉道：派出所的怎么说？

方大众说：派出所也没办法，李所长跟我说，不行厂里就掏点钱，赎回来算了。吕建国火了：赎？操蛋，我丢了东西还没理了？不赎，就跟公安局要，我就不相信，东西找着了还弄不回来了。跟派出所的去找他们县长。

正说得热闹，宣传部的叶莉一脸惊慌地跑来：厂长，您快去看看吧，四车间的一帮人在财务科乱砸呢。

吕建国急了：怎么回事？

叶莉皱眉道：听说是为小魏借款的事，冯科长说没钱，就吵了起来。四车间就来了一帮人，说为什么有钱让姓郑的去嫖娼，工人的孩子有了病倒没钱了。就动手打起来，把财务科砸了。

吕建国骂道：反了球的了，我看看去。撒腿就跑。方大众忙跟上去。

财务科真是乱套了。几个工人把冯科长推搡到墙角，冯科长挨了几下子，头碰到桌子角上，血都冒出来。工人们开始乱砸，冯科长头上淌着血，嚷着：别乱来，别乱来啊。没人听他的，一会工夫，财务科已经一片狼藉。

吕建国赶到的时候，楼道里塞满了人，都是看热闹的。有人还起哄喊着：打啊。吕建国气得心里直哆嗦，眼睛红红地吼了一声：都干活去！有什么好看的！

众人忙让开一条道，吕建国进了财务科。就听到有人喊：厂长来了。

吕建国先把倒在墙角的冯科长拉起来，火冒冒地吼道：你们要造反啊？又对身后的方大众说：你先把老冯送卫生所去包一包。方大众就架着冯科长去了。

工人们都不吭气了。有人悄悄地从地上拣起账本放到桌上。

吕建国红着眼睛喊道：咱们都穷成这样了，你们还折腾？

能折腾出钱来也行，我跟大家一块折腾！有事说事，这是干什么？谁带的头？站出来，有汉子做就有汉子当。

没有人吭气。

吕建国冷笑道：刚才的勇气都哪去了？砸了就是砸了，怕个球，站出来！

车间主任于志强红着脸走出来：厂长，是我带的头，你别骂了。该怎么办就怎么办吧，我就是恨有些当官的不能一视同仁。

吕建国看着于志强，就愣了，于志强平常给他的印象挺不错，小伙子干活肯卖力气，刚刚提了车间副主任。

吕建国黑了脸：于志强，你知道这是什么性质的问题吗？

于志强闷在那里。有人嚷嚷起来：这事不能怪于志强，是我们一块来的。

吕建国看着于志强：你要是相信厂里有钱，你要是相信我姓吕的看着小魏的孩子住院不肯掏钱，你就当着众人打我吕建国的耳光！

于志强被吕建国说愣了，呆住了。

吕建国看看大家，难受地说：我这个厂长没本事，你们打我就打，想骂就骂，可别砸东西啊。咱们厂经不起折腾了。小魏的女儿得了白血病，你们以为我心里好受啊？我……可是……

吕建国声音就涩住了。他顿了顿：我说句没出息的话吧，现在大家指望不上厂里，咱们自己帮帮自己吧。于志强，你负责给小魏募点钱。说着，就从兜里乱七八糟地掏出一把钱来，几个钢镚蹦蹦跳跳地跑到桌子下面，吕建国弯腰捡起来，又把手表摘了，放到于志强手里，颤声说：志强，我就这些，算是带个头，大家也捐一点，就算厂里动员大家了。说着，就弯下腰去，深深给大家鞠了个躬。

屋里一片死静。吕建国转身出来，他听到有人哭了，呜呜的。

起风了，这个季节是个刮风的季节。浑浑黄黄的大风生猛地扬起来，烈烈地扑打着窗子。太阳软软的，像一个破了口的西红柿，鲜血般的汁液，在西天上弄得一片狼狈，一片零零乱乱的红。

贺玉梅今天决定继续跟踪谢跃进，看看他到底去哪？

那天他在百货公司门口碰到了贾小芹。贾小芹原来是局团委的干事，跟贺玉梅一起干了好几年，前年放下去当了副厂长。可那破厂子不行，一年多不开支了，厂子就放了长假，贾小芹找贺玉梅说了说，就去谢跃进的公司打工了。贾小芹告诉贺玉梅，公司现在有好几个女人整天缠着谢跃进，让贺玉梅小心些，现在这些小姐们可是不像咱们做姑娘的时候了，疯着呢。贺玉梅听了心里就更乱了。

今天谢跃进早上起来说：我中午不回家吃饭了，有客人。贺玉梅道：你最好天天有客人，我可省饭钱了。谢跃进苦笑道：我现在都吃怕了，真想天天回家吃点素的，贺玉梅心里好笑，就说：我们厂办主任老郭就跟你一样的，天天陪客吃白食，还卖乖。什么吃得太痛苦了，好像让你们去受刑似的。谢跃进笑笑，提着包就下楼了，贺玉梅感觉谢跃进已经出了楼门，就给吕建国打了个电话，说家里有事晚去厂里一会。放下电话，就跟了出来。

太阳亮亮的，街上没有风，真是一个好天气，街道两边的柳树都悄悄地抽条了。贺玉梅远远尾着谢跃进，拉开一百多步的距离，就看到谢跃进在路边招手喊住一辆出租车。贺玉梅也忙喊住一辆出租，上了车，司机是个大胡子，问道：小姐去哪？贺玉梅说：跟着前边那辆黄车。大胡子看看贺玉梅，笑笑，就尾着那辆黄车跑起来。

谢跃进进了一家酒店。贺玉梅急忙下车跟进去。大胡子在后边喊她，她才记起没付钱呢，忙掏出一张五十元的票子让大胡子找。大胡子磨磨蹭蹭地找钱，贺玉梅急道："快点啊师傅。"等大胡子找完了钱，贺玉梅已经看不到谢跃进的影子了，就在酒店里乱转着，转得眼花缭乱，觉得酒店就像一个装满了各种杂物的衣兜，谢跃进被装进去，就很难一把再掏出来。一个服务小姐走过来，朝贺玉梅笑道：您好。找人吗？

贺玉梅忙笑道：请问东方公司的谢跃进经理在哪儿？

服务小姐笑笑：请跟我来。就款款地走进了一个雅间。贺玉梅跟进去一看，一个二十多岁的女人正搂着谢跃进的脖子喝交杯酒呢。贺玉梅气得声音都颤了，怒喝一声：谢跃进！

谢跃进猛地回过头来，惊讶地张大了嘴：你怎么来了？

贺玉梅嘿嘿冷笑道：我怎么就不能来啊！就看看那个女人，那女人嘴唇抹得刺眼红，满不在乎地看着贺玉梅。一桌人也都呆呆地看着贺玉梅。

贺玉梅恶笑道：谢跃进，我搅了你的兴致了吧。你跟这种臭女人在一起也不怕着上点什么病啊？

那位小姐拉下脸问谢跃进：谢总，这人是干什么的？

贺玉梅骂道：滚一边去，你他妈的算干什么的？

谢跃进气得浑身哆嗦，他吼道：贺玉梅，你还像个有知识的人吗？我这里谈业务呢，你……

贺玉梅嘿嘿笑道：谈业务？我今天就让你业务业务。一伸手，把桌子掀了，响起一片瓶子盘子的碎裂声。满桌子的人都慌得四下散开，谢跃进气急败坏地过来跟贺玉梅抓挠在了一起。人们都傻傻地看着两个人打，这时慌慌地进来一个白胖白胖的男人，使劲把贺玉梅拉开了。贺玉梅认识这个白胖子，这人是这家酒店的老板，姓马，去过贺玉梅家。马老板气喘喘地赔着笑，贺小姐，贺小姐，消消气啊。

贺玉梅冷眼看了一眼马老板：你刚刚叫我什么，小姐？这年头婊子才叫小姐呢。转身就走。

下午一上班，吕建国先去了贺玉梅的办公室。进门就说：玉梅啊，你昨天不是说老齐公安局有熟人吗？咱们去求求他吧。他突然发现贺玉梅脸黄黄的，惊问道：你脸色怎么这么难看啊？病了？

贺玉梅强笑道：没事。

吕建国问：是不是又跟老谢生气了？

贺玉梅笑道：像你这样天天咒我，没事也让你咒出事来的。

吕建国笑了：没事就好。怎么样？咱们是不是去求求老齐啊？

贺玉梅说：就怕他不办事，还看热闹。

吕建国叹道：试试吧。

贺玉梅站起身，突然又想起什么，就开了抽屉，拿出一个纸包递给吕建国。吕建国问：什么啊？

贺玉梅说：这是一万块钱，我放着也没用，谢跃进能挣。就捐给小魏的孩子看病吧。你别说是我捐的，省得工人们说闲话。

吕建国呆了呆，忙说：这不行，太多了，老谢挣钱也不容易的。

贺玉梅苦笑道：屁，他们挣钱跟玩似的，算了，不说这个了，越说越上火。

贺玉梅说："你只当是打土豪了。"吕建国看看贺玉梅，一时不知道说什么好，就拿着那钱苦笑道：那我就处理了！就转身去办公室把钱锁了，然后两人就去了齐志远的办公室。一进门，齐志远正在给宣传部的叶莉看手相呢。

叶莉这女人长得太妖，总让男人色迷迷的，又特别爱跟男人犯贱，有事没事总往齐志远的办公室跑。她原是车工，上了两年文科函大，毕业后就想进机关，前任许厂长看中了她，调她到宣传部搞党员教育，机关里关于她和许厂长的闲话特别多。许厂长下台后，她又搭上了纪委书记齐志远，两人混得挺热乎。去年宣传部长老李退休了，齐志远就提议让叶莉上，贺书记没同意。吕建国还想着今年机关精减把她减下去呢。

齐志远抬头见厂长书记两人进来，有点不好意思地笑道：我最近正在研究周易，拿小叶练练技术。你们二位不算算？

叶莉忙站起身：齐书记算得真是准哟。

贺玉梅笑道：小叶，你就让齐书记骗你吧。全是胡说八道，没一句是真的。

叶莉笑道：是说得准呢。又对吕建国笑道：厂长，刚刚市委宣传部打电话来，说省报明天有两个记者要来采访，关于国有企业如何走出困境的话题。你见不见啊？

吕建国苦笑道：我现在就困境着呢。你就说我不在。

贺玉梅说：不见。不怕人家笑话，现在咱们真是饭都管不起了。

叶莉笑道：那就算了。转身走了。吕建国就坐在齐志远对面：老齐，我听说公安局陈局长是你的党校同学。你是不是求求他，把那个姓郑的王八蛋弄出来。

贺玉梅笑道：老齐你真得出山了啊。

齐志远笑道：厂长，姓郑的这种鸡巴人，就该抓进去，蹲上几年。咱们还给他跑这事啊？算了吧。

吕建国就苦笑说：老齐，不是我这人犯贱，他手里不是有咱们一千多万的合同吗？

贺玉梅也赔笑：就是，老齐，就找找你的那个老同学吧。

齐志远摇头道：真是，我不想为这件破事去求人。不够丢人的呢。

吕建国看看齐志远一脸不肯通融，就说，那就算球了。转身出去了。贺玉梅走在后面，突然又回过身来，问：老齐，说实话，你是想看老吕的笑话吧。

齐志远窘住了：贺书记，别瞎说啊。

贺玉梅笑道：别不说实话，你和老赵都想让老吕早点滚下台呢。其实，老吕也是瞎操心，要是换上我，就不为这么个半死不活的破厂操心，谁们家的啊，还让别人暗着解气。说完，掉身就走。

齐志远脸就红了，笑骂道：贺书记，你怎么也跟吕厂长学坏了，嘴里也吐不出好话来了啊。

晚上临下班的时候，吕建国给四海商行打电话要钱。一劲在电话里说好听的，最后泄气地把电话放了，骂道：操他姥姥的。

齐志远、贺玉梅一前一后进了吕建国的办公室。

吕建国淡淡地看了齐志远一眼，问道：有事？

齐志远笑道：老吕，我跟我那个同学说了，今天晚上在鸿宾楼谈谈放人的事。

吕建国一怔，喜道：老齐，真是得谢谢你。这事还得你出马。

齐志远笑道：怎么说也是咱们厂的事情。我要是不办，大家都得骂我。再说真是要发不出工资来，我也是一份啊。

吕建国没想到齐志远一下子变得这样，竟怔住了。

齐志远笑道：厂长，你是不是信不过我啊？

吕建国忙笑：看你说的。

贺玉梅苦笑道：老齐，这一桌子得多少钱？咱们厂可是真没钱了。你这个同学好不好打发啊？

齐志远想了想：我去组织部借点党费吧。财务是没钱了，说完就出门走了。

吕建国苦笑：党员们要是知道咱们拿着党费去吃喝，而且还是给嫖娼的去走后门说情，不定骂咱们什么呢。

鸿宾楼是市里一家很有名的餐馆，据说请的是京城的名厨，价钱也很厉害，但是每天仍然食客如云。齐志远带着吕建国、贺玉梅到了鸿宾楼。贺玉梅说：老齐，你来过不少回了吧。

齐志远笑道：反正只要有人请，我就吃。齐志远在市委党校进修过，同学大都是头头脑脑的，平常总爱搞个小聚会，到处乱吃，乱找地方乱报销。进了餐厅，服务小姐好像跟齐志远很熟悉，微微笑着把他们三人让进了一个雅间。

陈局长还没来，三个人就坐着喝茶。吕建国笑道：老齐，这地方来一家伙得多少钱啊？

贺玉梅笑道：厂长你别害怕，钱不够，就把老齐押在这儿。

吕建国就看墙上挂着的一张画，一个外国女人，全身光光的，挺招人的眼神看着他们三个人。吕建国就笑骂：操蛋的，好像是干那个的吧。

齐志远就笑：厂长，您这叫什么眼神啊？这可是艺术品啊。

正要再说笑，就听到外边有人说话。齐志远忙站起身：来了。就迎出门去，引进来陈局长。

吕建国和贺玉梅忙站起来跟陈局长握手。

陈局长看看表，笑道：真是紧赶慢赶，还晚了十分钟。东城下午杀了一个出租车司机。

贺玉梅惊讶道：又杀人了？

陈局长骂道：这两年事出得太多，操蛋的。头春节到现在，我几乎就没睡过一个安生觉。

齐志远笑道：我也没见你瘦了。

一个亭亭玉立的服务小姐进来，微微一笑：几位点菜吗？贺玉梅笑道：点。就把桌上菜谱递给陈局长：陈局长，您点。吕建国也忙说：陈局长，点吧。

陈局长笑道：随便吧。不好让你们破费了，听老齐说，你们厂也太穷了。

吕建国就笑：再穷也不能穷了嘴，再苦也不能苦了胃。点。陈局长，咱们是头一回，一定得好好喝喝。

齐志远笑道：厂长，算了吧，你这话要是让工人听了，非得挨揍不可。老陈总在外面吃，今天就是坐着说说话，我来点。就拿过菜谱点了起来。

贺玉梅笑道：老齐你真是的，让陈局长点几个嘛，你知道他爱吃什么啊？

齐志远笑说：今天听我的。就点了几道便宜的菜，又要了两瓶古井贡。然后对服务小姐说：先吃着，不够再说。

贺玉梅给陈局长倒了杯茶，四个人闲扯社会治安。吕建国就想着怎么开口讲放人的事。菜上来了，齐志远起身忙着开酒瓶子。贺玉梅说不能喝，想喝饮料。陈局长笑道：不喝饮料，坐在一起就都喝一样的，现在女同志更能喝，都是改革改的。大家就笑。贺玉梅笑道：那我今天就舍命陪陈局长了。

四人连着干了三杯。吕建国就说了求陈局长放人的事。桌上的气氛有些紧张，齐志远看着陈局长：老陈，帮个忙吧。

贺玉梅叹道：真是没办法，我们还指着那小子吃饭呢。

陈局长对吕建国说：这人我们真是不好放，放了他，就等于给社会上的一些王八蛋长了志气，以后我手下的还不得让人随便打啦。换了你，你肯干吗？

吕建国苦笑道：陈局长，我也知道不该来找您，可是我实在没办法。刚刚贺书记也说了，我们厂两千多职工还指着那个王八蛋一千多万的合同过日子呢。现在外面欠我们好几百万，也弄不回来，工人们等着吃饭啊。那天几个工人找到我问，厂长，我们要是没干活也行，可是我们辛辛苦苦干了，还是一分钱也拿不到，这叫什么事啊？吕建国眼圈红了，说不下去，猛地喝了一杯酒。

齐志远赔笑道：老陈，你就给我一点面子吧。我们真是不容易啊。现在都说当企业家的能捞，你是没到吕厂长家去看过，穷兮兮的。他这个破厂长当的，别提多窝囊了。

吕建国心里一热。没想到齐志远能说出这样几句话来，他感激地看了齐志远一眼，接过话头：真是像齐书记说的，陈局长，要说我心里话，我恨不得你们枪毙了那个王八蛋。可我得为厂里两千多口子的嘴发愁啊，这……说着泪就淌下来。吕建国抬手去擦，可流得更猛了。吕建国就转过脸去，贺玉梅的眼睛也红了。

陈局长目光就软下来，叹口气：老吕，我看你这人也是个实在人，不像是那种不管工人死活的东西。你别急了，人，我想办法给你弄出来。掏出无线电话，拨通了，就说：刑警队吗，我是陈志雄，找杜洪。杜洪啊，那天打咱们人的那几个怎么处理的？什么？这么快？嗯，行，我下来再找你吧。陈局长脸灰灰地放了电话。

齐志远忙问：怎么回事？

陈局长叹道：不好说了，案子报到省里去了。怕是……

吕建国怔了怔，苦笑道：陈局长，您尽了心了。您的人情我领了。

陈局长想了想：我再想想办法。吕厂长、贺书记，你们别着急。操蛋，这事也就是晚了一天，我一准给你们办了。就仰脖干了一杯酒。

齐志远苦笑道：老陈，你这酒可不能白喝啊！你还是再想办法啊。

吕建国看看齐志远，心里热了一下，觉得老齐这人还是挺好的，自己不该跟他闹不团结的。

回到家里，刘虹刚刚吃过，见吕建国进了门，就说：志河走了，人家可是放下话了，过两天就来车提货呢。到底有戏没戏啊？

吕建国不耐烦地说：行了行了，快别烦我了。

刘虹不高兴道：全世界就好像你一个人忙似的，不就当了个破厂长吗？

家里的气氛一下子就沉下来，三口人呆呆地吃饭。吃完了，刘虹就进屋了，吕建国就去洗碗。吕强忙过来说：爸，您歇会吧，我来干。吕建国一愣，看了吕强一眼，吕强朝他笑着。吕建国心里一动，感觉儿子长大了，懂事了，就笑笑：好，好。就退出来，坐在沙发上看新闻联播。还没看出中央领导跟哪国的贵宾亲切友好地谈话呢，桌上的电话就响了。

是方大众从派出所打来的。方大众气呼呼地说：我们刚刚从县里回来，那辆车的事还是挺不好办，跟农民讲不出理来。那个县的县长就向着他们，说是要保护农民利益。那个操蛋的乡长更不讲理。厂长您说这事还怎么办啊？操他妈的地方保护主义！

吕建国恨道：你就别乱操了。明天我去看看吧。把电话放了，又给厂汽车队打了个电话，明天一早要车去县里。先找他们的乡长。

一路上风景真是不错。田野里的麦子都探头探脑地钻出来了，绿绿的让人爽眼。吕建国想起当年下乡帮老百姓拔麦子的情景，就骂出声来：怎么这年头老百姓也都学坏了啊。

方大众笑道：您骂谁啊？老百姓还骂呢。这年头好像谁都不高兴，真是邪了。

吕建国想起来：你带上钱了吗？弄不好咱们得请兔崽子们一顿呢。

方大众苦笑：人家吃不吃你的请还是回事呢！

三十多里路一个多小时就到了。车子拐进了韩庄乡政府，就见一群农民正在乡政府门口吵吵什么呢，一群鸭子呱呱乱叫着，在院子里乱跑。

方大众把吕建国领到乡长办公室，门虚掩着，方大众敲敲门，里边传出一个细细的嗓音：操蛋的，敲鸡巴什么啊？

门开了，一个白胖子一脸不高兴地走出来，见到方大众，就说：你又来了？

方大众忙说：谭乡长，这是我们吕厂长。

吕建国忙上前跟谭乡长握手。谭乡长笑笑：屋里坐吧。

吕建国走进屋里，闻到满屋子酒气，就看到了办公桌下边一堆酒瓶子。屋里挺乱的，墙上挂着几面奖旗，什么先进之类的。

吕建国坐在靠墙的沙发上，笑道：谭乡长，我是来讨我们厂那辆车的，还请您多多帮忙啊。

谭乡长笑道：昨天方主任和两个公安的同志来过了，真是不好办啊。我们那家企业也是受了骗啊。

吕建国说：谭乡长，这车我们一定要带回去的，我们是个穷厂，还指着这辆车干活呢。现在国有企业也真是不容易啊。

门被轻轻推开了一个缝，一个妇女探进头：乡长，还开会不了？

谭乡长嘻嘻笑道：开你娘那脚，都把你们计划了。等着去吧！那妇女就笑着跑了。

谭乡长说：吕厂长，您也不容易，这我知道。可是老百姓也不容易啊，好容易攒俩钱，买辆车，你说是赃物，就弄走，真要是死两口子人咋办啊？您也替我想想。换换个，您能不管不顾去把车弄出来就让人家带走吗？

吕建国看着这个白白净净的乡长，总觉得他像某部电视剧里的太监，直想骂，可是脸上还得赔着笑：谭乡长，真是请您帮帮我们，我们厂真是太穷了。

谭乡长扑哧笑了：不能吧？穷厂还能买这种高级车啊？

吕建国叹口气：这不是图个脸面嘛。人是衣裳马是鞍嘛，不买车，人家看不起你，谁还跟你谈生意啊？

谭乡长看看表，起身说：吕厂长啊，您看这事是不是下来再商量，我还有个会，真是不好意思了。就坐到办公桌前，拉开抽屉乱找，也不知道找什么，嘴里还一个劲骂着脏话。

吕建国强笑道：好的，下来再说，您忙吧。就退出来。

上了车，方大众问：咱们去哪？

吕建国说：上县委，找那个鸡巴县长去。

贺玉梅听吕建国说了去要车的经过，就笑：你真是行，没让人家打一顿就算是便宜了。

吕建国骂：打人？我还想打人呢。那个姓门的县长简直就是个混蛋，你跟他说东他说西，最后还发脾气，说他不管这些破事，说完就躲了。操蛋哩！正说着，王超进来了，笑道：两位领导都在，市工会知道了章荣的病，体谅咱厂的困难，拨下来三千块钱，让给章荣看病。

吕建国高兴道：真是不错。给章荣送去了吗？

王超苦笑道：章师傅不收啊，让把这钱交到卫生所，给卫生所进药。可人家市工会说，这是特批款，专款专用的。

吕建国说：那当然，章师傅是省管劳模。走，咱们一起去看看他。

章荣住的还是厂里的旧宿舍，本来早想把这破楼拆了重盖，可总是没钱。楼道里的墙皮都已经剥落了，露出灰灰的水泥，还用粉笔写着某某小王八大王八之类的骂人话。吕建国记得，章荣早就应该搬进厂里的新宿舍，可是章荣让了几回，就一直没有搬成。吕建国心里酸酸的，现在像章荣这样的老工人真是不多了啊。

进了章荣的家，一股呛人的中药味扑得吕建国要呕。

章荣的儿子章小龙迎出来，懒懒地点头道：领导们来了，屋里坐吧。

屋里光线挺暗，窗帘拉着。章荣正躺着，就睁开眼问：谁来了？章小龙忙说：厂领导来看您了。就过去把窗帘拉开，太阳光软软地漫进来。吕建国看到玻璃坏了两块，用纤维板钉着呢。灰灰的墙上贴着好些奖状，纸都泛着黄，有些已经看不出日期了，吕建国感觉那好像是上一个世纪的故事了。

章荣撑起身子，笑道：快坐啊，小龙，给领导们拿椅子，沏点水来。章小龙就出去了。王超追出去：小章，别忙了，我们不喝。

吕建国凑到床前，笑道：好些了吗？整天瞎忙，也没顾上来看您。

章荣笑道：没事的，让领导操心了。老球的了，不中用了。想起咱们搞大会战的时候，就跟昨天似的。

吕建国笑道：可不是嘛！一眨眼，我都快五十岁了。

章荣笑笑：您那次为了赶活，出了废品还不想返工，我扣你的红旗分，你还哭鼻子哩……说着，章荣剧烈地咳嗽起来，脸立刻涨得通红。

章小龙忙过来给他捶背。吕建国摸摸章荣的额头，吓了一跳：章师傅，你发烧呢。

章荣笑笑：没事，一会泡点姜汤就行了。

贺玉梅说：章师傅，还是去住院吧。厂里都联系好了啊。

章荣说：我这病住院也不行了，就在家待着吧。我是真怕死在医院里。说着又咳嗽起来。

王超急道：章师傅，市工会拨给您的特款，让您住院的，您还是去吧。这不，厂长书记都来劝您了。

章荣摇摇头：不去了。我都这样了，干啥还糟蹋那钱啊。

吕建国看看章荣，眼睛就红了，叹道：章师傅，说什么还是要住院的，你是咱厂的老模范了，你不去，工人们要骂我们的。

章荣叹道：算了，厂长，是我自己不去的，谁骂你们啊。厂里对我挺好的，我满意着呢。现在厂里这么紧张，我这破病还治个什么劲啊？不给厂里添乱了。

吕建国说：您看病这点钱还是能挤出来的，再说市里也给了些钱专门给您看病的。

章荣还是摇头：不行，我知道厂里那点钱，都是工人们一分一分挣来的，我不能全扔在医院的病床上。市里要是真给点钱，就给咱厂的卫生所进点药吧。我听说现在卫生所连感冒药也没了，这怎么行啊？……

章荣说着又剧烈地咳嗽起来。

吕建国再也忍不住了，泪就流了满脸，说了声：章师傅，您歇着吧。就起身告辞。

章荣突然喊住吕建国：厂长，你站下，我、我有话说。

吕建国一脸泪水地回转过身：章师傅，您说。

章荣看看吕建国和贺玉梅：我老了，有今天没明天的，肚子里有句话，你们当领导的比我想得长远，我说得对不对的，就……

贺玉梅忙扶住章荣：您慢慢说，有什么困难就提。

章荣吃力地摆摆手：我没困难。我是说厂、厂里现在挺难的，你们千万顶住这一段困难，什么事情也有个潮起潮落的，别觉得天都要塌了，我说得不好，毛主席怎么说来着……

吕建国心头一阵痛热，他一下子抓住章荣的手，颤声道：章师傅，您说得对。您……吕建国的泪唰唰地流下来。

从章荣家回来，几个厂领导闷闷地坐在办公室，吕建国突然抓起电话，让徐科长来一下。不一会，徐科长就颠颠地跑来，一进门看出气氛不对，小心地问吕建国：厂长，有事？

吕建国恶恶地说：老徐，你明天就把赵明的饭馆给封了。告诉他，三天之内把十万块钱交来。

徐科长看看齐志远。齐志远望着窗外，不说话。窗外灰灰的，天渐渐阴死了，太阳胆怯地躲进了云层。

徐科长问：他要是真不交呢？

吕建国恶笑一声：你就让他滚蛋。你告诉他，就说这话是我姓吕的讲的。

徐科长答应一声就出去了。贺玉梅想了想：厂长，四海商行的钱也该再去要要了。

吕建国想了想说：我去一趟四海商行，找找那个姓赵的混蛋。这六十几万不是个小数啊。

贺玉梅叹道：怕是不好要啊！

吕建国说：不行就跟他打官司吧。

齐志远苦笑：赵志高那小子是个人精。他现在有好几个企业，跟咱们有关系的那个四海商行早就是个虚名了，法院就是查封，也掏不出几个子儿来，他盼着跟咱们打官司呢。再者，我听说他表姐夫就是法院院长。

吕建国骂：我操他妈了。这叫什么事啊？

一上班，贺玉梅就进了吕建国的办公室，进门就笑：厂长，你猜我找到谁了，这回准能治了那个姓谭的。

吕建国笑道：除非你找到了他爹。不过他听不听他爹的，也难说哩。

贺玉梅笑道：他不听他爹的，他得听县太爷的。

吕建国摇头苦笑：算球了，那个县长我上次就碰过了，也是个混蛋，根本不讲理。他能向着咱们说话？

贺玉梅坐下喝了口水，笑道：三车间乔亮告诉我，他们车间岳秀秀是那个姓门的县长的亲外甥女，我见岳秀秀了，岳秀秀说没问题，她姨夫肯定给办。她刚刚给姓门的打了电话。

吕建国一下来了精神：操，真这么简单啊。

贺玉梅说：一把钥匙开一把锁，说简单就真简单。

吕建国说：那你去一趟吧，上次我跟姓门的差点吵起来。我一去，别再把事情办砸了屁的。

贺玉梅到县里的时候，正是中午。贺玉梅想，正好把门县长请出来吃顿饭。到了门县长的办公室，门县长正跟几个人说话呢，见到岳秀秀就忙让那几个人走了，跟岳秀秀嘻嘻哈哈笑着，聊着家长里短。岳秀秀说了要车的事，门县长笑道：你怎么管这事啊？岳秀秀说：我在厂里负责呢，我不管谁管啊？门县长笑道：真的啊，早知道是这样一个关系，我早就让他们把车放了。说着，才看到贺玉梅。岳秀秀介绍了贺玉梅，贺玉梅笑着说：真是不好意思，我们办不了，只好麻烦您了。就说了谭乡长的态度。

门县长骂道：操，还挺牛的哩。放心，这事我给你们办了。对了，你们还没吃饭吧，咱们先吃饭去，就喊来一个瘦男人，门县长说：李秘书，你去打电话把老谭给我喊来。李秘书转身走了。贺玉梅笑道：不忙，咱们先吃饭吧。

门县长说：不是我着急，我上次开会听他们念叨了几句这件事，你们厂一个姓方的和一个姓吕的也来找过我。要是不赶紧找老谭，他们就敢再给你卖了球的。到时上哪找啊？

贺玉梅心里一紧张，脸上笑道：那真得快点，这年月什么都讲改革速度，真要是卖了，我们可就惨了。

门县长就带着岳秀秀、贺玉梅去了县委门口的饭店。进了门，老板慌慌地迎上来：县长，您吃饭啊？门县长笑道：临时来了几个亲戚，在你这闹一顿吧。老板忙笑道：平常请也请不到您呢，我说昨天晚上做梦听到喜鹊叫呢，敢情今天有贵客来啊。门县长哈哈笑：操蛋的，你可真会说好话。几个人就进了雅间。门县长也不看菜谱，乱点了一气，老板就让人把菜端上来，又端上两瓶五粮液和两盒红塔山，客气了几句，就退出去了。贺玉梅心里就害怕，怕一会结账钱带得不够。小岳撒娇说：姨夫，这事您可真是给办了啊，要不厂长可得扣我的工资啊。

门县长笑道：外甥女的事，我还能不管啊。来，贺书记，喝酒喝酒。我这个外甥女你可得照顾着点啊。贺玉梅忙笑道：

您放心好了。

吃过饭，贺玉梅忙去结账。门县长拦住她，笑道：贺书记，到我这地面上还用你结账啊。就对老板说：先记在农业局吧。老板笑道：您甭管了。就忙着送他们几个出来。

贺玉梅觉得喝得有点多了，头晕晕的，就笑着说：看起来，真是当个县长好，一方土地，说了算啊。

门县长笑笑：您是没见我受治的时候呢。

回到县委，刚在门县长屋里坐了，李秘书就进来说：县长，谭乡长来了。门县长点点头：让他进来。

李秘书出去，一会，谭乡长就进来了，进门就笑：县长，您真是改革作风啊，连饭也不让我吃好啊，今天您得请我。又朝贺玉梅、小岳笑笑。

门县长哈哈笑了：你小子还用我管饭啊。坐吧，这两位找你有事呢。这是贺书记。就掏出烟来扔给谭乡长一支。

谭乡长点着烟，傻怔怔地笑问：县长，什么事啊？

门县长瞪眼道：什么事？你还好意思说，偷了人家的车，还不给人家。咱们县的脸快让你们丢球的光了。

谭乡长笑道：刚刚李秘书跟我讲了，县长，不大好办啊。谁知道是贼车啊，要知道是贼车，白给也不敢要啊。现在也不能说拿走就拿走啊，吴大水那个愣头青还不得跟我玩命啊？

门县长笑道：谁敢跟你玩命啊，说得吓人乎拉的。

谭乡长说：门县长，这事真是不好办。那车是吴大水花三十万买来的，手续都全，硬给他拿走，他真怕是接受不了。

门县长哈哈笑了：屁话。三十万？哄鬼呀？吴大水那个鬼精，我还怀疑他给钱没给钱呢！别废话了，这事你去办吧。这是我外甥女的车，你去告诉吴大水，他要是不放车，就是不给我老门面子，我还真就不要了。

谭乡长尴尬地站起身，朝贺玉梅笑道：上次您厂里的那位吕厂长找过我的，您能不能出几万？五万行不行？

贺玉梅心想这个姓谭的真够难缠的，笑了笑，刚想说几句没钱的话。门县长就火了：贺书记，你别理他，这小子见谁都想割一刀的。

谭乡长哈哈笑了：县长，我真是斗不过您的。好吧，既然县长发话了，我料定吴大水屁都不敢高声放一个的。我明天把车给您开到县委来。就朝贺玉梅笑笑，出门走了。贺玉梅有点愣，没想到这事就这样有一句没一句开着玩笑就办了。

门县长朝贺玉梅笑道：那您就住一夜吧。明天一早他就送车来。

贺玉梅笑道：还是您面子大。

门县长说：大个屁，我要不是县长，他们才不理我呢。

岳秀秀笑问：姨夫，他们明天要是不来呢？

门县长眼睛一瞪：敢？过明天中午我都饶不了他们。

吕建国正在给那几个要账回来的人开会呢，贺玉梅在门口探头。吕建国忙起身出来，贺玉梅笑道：车开回来了。就把事情跟吕建国说了个大概。

吕建国高兴道：行，真是有你的。你先回去歇歇吧，我看你累得也够呛。

贺玉梅笑说：我真得歇歇了，那个姓门的可真是个酒桶，昨天真把我灌坏了。

贺玉梅进了家，就想躺下睡一觉。躺在床上，又给妹妹打了个电话，问问谢跃进这两天的行踪，自上次在酒店闹了那一回，谢跃进就没回家。

贺芳不在公司，一个女的接的电话，说贺芳住院了，两天了。贺玉梅吓了一跳，忙问贺芳怎么了。那女的说：我知道怎么了？我又不是她妈。你愿去就去看吧，妇产医院。

贺玉梅更是吓坏了，就问：妇产医院，她住妇产医院干什么？

那女的好像跟贺芳有深仇大恨似的，干硬硬地冷笑道：你这人好烦啊，你去看看不就明白了嘛。

贺玉梅一点睡意也没有了，慌慌地跑到街上叫住一辆出租就朝妇产医院去。一路上没头没脑地乱想，越想越怕，直到进了病房，看到谢跃进正坐在贺芳床前，她仍是没有反应过来，脑袋木木的。贺玉梅急急地问贺芳：怎么回事？你怎么住这儿了？

贺芳脸色苍白，朝贺玉梅笑笑：我没事。你怎么知道的？

贺玉梅喘着气说：我出差刚回来，打电话说你住院了。又看看一旁的谢跃进，贺玉梅心里突然跳了一下，似乎明白了些什么。看看贺芳，再看看谢跃进，贺芳头歪向一边，流下泪来。贺玉梅猛地搞清楚什么了。

谢跃进尴尬地站起身，笑笑：玉梅，你待一会吧。我还有点事，先走了。

病房里只剩下了姐妹两个了，空气有点发紧。贺玉梅低低地叫了声：小芳。贺芳回过头来，两人呆呆地互相望着。

贺玉梅叹口气：芳芳，你都让我糊涂了。你和谢跃进到底怎么回事？

贺芳突然不哭了，冷笑一声：姐姐，你既然全知道了，还说什么蒙在鼓里。你让我说什么？我喜欢他。但我并不想在你们中间惹是生非，否则，我决不会打掉这个孩子的。

贺玉梅叫起来：什么？你真的有了孩子？

贺芳淡淡地说：你放心，我不会让他跟你离婚的。

贺玉梅只觉得头疼得厉害，全身颤抖。她怒吼起来：你不该这样啊！你知道谢跃进在外面搞着多少女人吗？

贺芳冷冷地说：你别乱吵乱嚷。他没有欺骗我，是我情愿的。你别恨他，是我自己对不住你。

贺玉梅静下来，看看贺芳：好吧，你先住院吧。就往外走。走到门口，又回过头来：小芳，也许他在你眼睛里是个什么了不起的。但是在我眼睛里他很不值钱，你愿意跟他，我拱手让给你。就摔门出去了。听到病房里传出贺芳的哭声，贺玉梅脚步迟疑了一下，还是大步走了。

到了医院门口，看到谢跃进正在那里推着摩托车抽烟呢，似乎是在等她。贺玉梅没理他，取出自行车就要走。谢跃进跟上来：玉梅，你听我说。

贺玉梅哽声道：你还想跟我说什么？

谢跃进苦笑道：事情闹到这一步，我还能说什么？

贺玉梅冷笑：你到底跟芳芳什么时候有的这种关系？

谢跃进道：一年前。你就、就看着办吧。

贺玉梅冷笑一声：我看着办？你把芳芳毁了，还问我怎么办？说罢，扬手给了谢跃进一个耳光，掉头就走。

就听到谢跃进在她身后冷笑道：别把自己装成修女的样子，你跟姓梁的事谁不知道啊？

贺玉梅身子一颤，她回过头来，盯着谢跃进，突然笑了：你也相信这事。谢跃进，我真是白白跟你过了这些年了！

谢跃进就骑着摩托车走了，就剩下贺玉梅呆呆地站在那里。阴阴的天空落下了几丝雨，夹着软软塌塌的雪花，冰冰的。贺玉梅仰起头，看着散散的雨夹雪，就记起上大学时一位老师讲过，这种东西叫作霰。

王超来找吕建国，说小魏的女儿明天要开刀了，问吕厂长是不是去看看?

吕建国说：去，厂领导们都去看看。

王超发愁说：职工们给小魏捐了五万多块钱，可还不够。医院要十万押金啊。怎么办啊?

吕建国叹道：下来再说吧，咱们先去看看。

两人起身出来，就听到楼道里一阵乱吵，赵明骂骂咧咧地走过来。

赵明喝得醉醺醺的，身后跟着蔡大胡子。方大众跟在他身后赔着笑：老赵，有意见慢慢讲嘛。赵明一把推开了方大众：你滚一边去。你他妈的就会拍马屁，我找姓吕的说话。

吕建国黑着脸站在走廊里，冷冷地问：赵明，你来交钱了?

赵明抬头看到吕建国，就恶笑道：吕厂长，你凭什么封我的门?

吕建国不想跟他在走廊里吵，就转身进了办公室，赵明跟了进来。吕建国说：我正要找你，正好你来了。我就要你一句话，你到底交不交承包费。

赵明点一支烟，吐了个烟圈：我不是告诉你了嘛，现在没钱，先记着，年底一块算，少不了厂里一分钱。说完就往沙发上一躺，把脚蹬在了沙发扶手上。

吕建国摇头：那我跟你就没什么好说的了，厂里决定，你的承包合同就此终止。

赵明把烟在手里拧死了，狠狠摔在地上，跳起来：你姓吕的两片嘴一碰就完了？你不让我干，要包赔我的损失！

吕建国愤怒地站起来：赵明，你别在这里胡搅蛮缠。

赵明眼睛冒出火来，向前一步，一拳打在吕建国的脸上，吕建国鼻子就冒血出来。

王超和方大众呆住了，扑过去抱住赵明，赵明跳脚骂道：姓吕的，老子今天非打残了你不可。门外冲进来几个人，赶忙去扶吕建国。

吕建国摆摆手，对众人说：放开他，让他过来，我不相信他敢打死我姓吕的。

赵明愣住了，他不明白吕建国为什么不跟他急眼。

吕建国擦擦脸上的血，淡淡道：赵明，你小子用良心想想，如果你真是没钱，就算我姓吕的操蛋了。现在厂里穷得锅都揭不开了，好几个病号都……，小魏的女儿白血病就在医院躺着，等着钱用。还有章荣，不说了，这你都知道。你该着厂里的钱不给，你要是有一点人味，你能不能这么干？我怎么也想不透，你也算是在厂里干了二十多年了。你……我告诉你，你今天不就是想惹急了我，让我也动手，你就可以赖账了吗？

我就是当着这个厂长就算了，我真是连宰你的心都有了！说完，转身就走，走到门外，又转过身来，恶恶地骂一句：赵明，你是个王八蛋！就啪的一声把门摔上。门又弹开了，走廊里渐渐远去了吕建国生硬的脚步声。

一阵风生猛地刮进来，凉凉的寒风中，已经没有了严冬里那种尖厉的寒气。这是冻人不冻冰的季节了。

众人都愣在那里，呆呆地听着风呼呼地刮着，十分的单调。

赵明呆呆地，蔡大胡子一旁低声问道："赵哥，咱们……"赵明低声吼道：明天把钱交给姓吕的！一跺脚转身走了。

吕建国到医院的时候，毛毛刚刚醒过来。厂里好多人都呆呆闷闷地坐在走廊里，吕建国看到袁家杰也来了。

吕建国进了病房，毛毛眼睛艰难地睁开了，看看吕建国他们，笑了：谢谢叔叔们。

吕建国笑道：毛毛，就会好的。就会好的。

毛毛额头上淌着细细的汗珠，她艰难地说：还是让我出院吧。别再让厂里的叔叔阿姨们给我花钱了，治不好了，我知道的。谢谢叔叔阿姨们关心我。我现在一点都不疼了。

吕建国眼睛潮了，他努力克制着自己，不让眼泪掉下来，转身走出了病房。

病房外面，一帮人正在劝慰小魏。小魏两口子呆呆地坐着，傻了一样。吕建国走过来：小魏，先给孩子看病，有什么困难下来再说。

小魏哭着说：吕厂长，说什么也不看了，我不能拿着大家伙的钱往坑里扔啊。我……

于志强火冒冒地说：混账话。你怎么就知道治不好呢？

小魏泪流满面：我什么都明白。大家的心意我领了。真的，厂长，您就别让我难受了。

吕建国拍拍小魏的肩，叹道：别这样。治一定要治。只要咱厂子不垮，毛毛的病就得看。别说十万，就是二十万，厂里也会想办法。

小魏拼命地摇头：厂长，厂长。不能这样，真的不能这样。

齐志远眼泪落下来：小魏啊，你就别再乱说了啊。

小魏和他爱人就扑通跪下了。

吕建国心里一酸，怒声吼道：你这是干什么，混！你给我起来！起来！一把扯起小魏。吕建国的声音颤抖：要骂，就该骂我，打我，我这个厂长无能啊。

走廊里哭声大作。

吕建国中午饭也没吃好，跟刘虹吵了几句就出来了。刘虹一个劲追问他志河的事办得怎么样了。吕建国恨不得狠狠骂妻子几句，他感到这帮人十分可恨，在自己倒霉的时候，连句安慰的话也没有，还一个劲地找事儿。他突然觉得自己挺没劲的，来到办公室，就坐在沙发上闷头闷脑地抽烟。

袁家杰走进来，看看吕建国，就重重地坐在沙发上，不说话。

吕建国笑道：又怎么了？看你样子怪怪的。掏出一支烟扔给袁家杰。

袁家杰接过吸了，吐出一团雾，叹道：我知道你挺恨我的。

吕建国抬起头：你说什么呢？我凭什么要恨你啊？

袁家杰苦笑笑，没说话，呆呆地抽烟。抽完了，又伸手朝吕建国要了一支。

吕建国叹道：我想通了，你还是走吧。在哪干好了都是国家的。

袁家杰一怔，迷茫地看着吕建国。吕建国也苦脸看着他。

两人一时没话可说了。风从窗子缝中溜进来，发出滋滋的响声。袁家杰呆呆地说：我不走了。今天把我那个专利卖了。

吕建国一怔：卖了？卖给谁了？

袁家杰苦笑道：卖给那个乡镇企业了，一百三十万。我跟他们要的现金，我怕钱汇过来让银行给截住抵了利息。

吕建国心慌地问：那你？……吕建国知道，袁家杰这个项目搞了好几年了，本来厂里想上这个项目，可是前任许厂长跟袁家杰闹不来，就耽误了。吕建国上台后想搞，可是厂里又没钱，银行一个子也不贷给了。

袁家杰脸色苍白地站起身：他们两天就来谈。你接待一下吧。

吕建国站起身，声音有些发涩：家杰，这事是不是你再想想？这可是你十几年的心血啊！

袁家杰苦笑道：还想什么啊？厂里都到了这份上了，唉！转身就走。

吕建国猛地喊了一声：家杰……声音就哽住了。

袁家杰回过头来，也呆呆地看着吕建国。一时屋里静得能听到两人的心跳声。

太阳明晃晃地照进来，吕建国脸上滑下几滴泪，在阳光中跳跃着。

袁家杰涩涩地笑笑：建国……就再无话了。

两个人都呆呆地盯着窗台上那盆月季，浇过水的月季，叶子已经悄悄舒展了。

有人把门撞开了，吕建国一惊，就见章小龙脸色灰灰地跑进来，进门就哭：厂长，我爸过去了。

吕建国一惊，袁家杰颤声道：昨天不是还挺能吃的吗？怎么这么快啊？

吕建国难过地对袁家杰说：咱们去送送章师傅吧。

章荣真是死了。等吕建国几个人赶到医院的时候，章荣已经给推进了太平间了。章荣静静地躺着，眉头却紧紧皱着，似乎有无限的心事还没有放下。吕建国心头一阵凄楚，泪涌下来，就闷着头出来了。走廊里已经站了一大片厂里的工人。十几个过去给章荣当过徒弟的，呜呜呜哭着，哭声在医院里低低的传远了。

门外，春雨下得正紧，啪啪砸在台阶上，让人感觉心里冰冷。吕建国抬头看看，天空白茫茫的，院中的几棵杨树绽出星星点点的绿，就要抽出新条了。

下午快下班的时候，吕建国接到了陈局长的电话。

陈局长在电话里笑道：老吕，人今天就放，你们派人来接一下吧，写个保证，罚五千块钱，不能再少了。

吕建国高兴道：谢谢陈局长了。我什么时候请您喝酒啊？

陈局长哈哈笑道：行了行了，你那个破厂能给工人开支就算念佛了，别把工人们逼得上了街就算照顾我了。最近怎么样啊？

吕建国苦笑道：挣扎吧。

又说了几句，陈局长放了电话。吕建国就打电话喊方大众来。方大众进来问：厂长，有事？

吕建国骂道：你一会儿去把姓郑的那个王八蛋接回来，刚刚陈局长打了电话，说今天放人，你去财务拿上五千块钱的罚款。

方大众笑道：厂长，还是您亲自去一下吧，显得重视啊。

吕建国恼了：你让我重视什么？我坐着车去接那个流氓？我没心思。

方大众笑道：算了算了，看您这么多话，我去吧。在哪给他们接风啊？吕建国想了想：你随便找个地方吧，就说我不在家。方大众笑了：那好，反正明天您得见人家啊。就转身走了。

吕建国就去告诉贺玉梅。进了贺玉梅办公室，就看出不对劲了，贺玉梅眼睛红肿着，好像是刚刚哭过。

吕建国就问：又打架了？

贺玉梅恨恨地说：厂长，你别劝我了。我要跟谢跃进离婚。

吕建国惊讶道：你怎么说风就是雨啊？到底怎么了？

贺玉梅叹口气，摆摆手：不提了，我不想说。

吕建国就暗暗想：这个女人挺不容易的啊。就不再问，闷闷地坐着。

吕建国突然又想起志河的那件事来，就对贺玉梅说：有件事我一直忘了跟你说了，我下乡插队的那个村来人找我要几吨废钢材，我不好推出去，先给你打个招呼，日后我老婆要是来问你，你就说党委不同意。

贺玉梅苦笑道：你要是推不开就给人家几吨吧，好歹你在人家那里下过乡呢。

吕建国说：我那天喝酒喝多了，就随口乱答应了。不说了，今后你要是不愿办的事，就往我这儿推，我要是不想办的事，就往你这儿推。

贺玉梅笑道：行啊，互相背黑锅吧。

吕建国看看表：下班了，走吧。

贺玉梅说：你先走吧，我想一个人再待会儿。

吕建国苦笑道：别有什么想不开的吧？

贺玉梅突然问：厂长，都传说我跟梁局长有事，你相信嘛？

吕建国一怔，哈哈笑了：你说什么啊？我怎么一点都没听说啊，别瞎想了。就出来了。走出几步，听到贺玉梅在办公室呜呜地哭了。吕建国心里一酸，仰天长叹了一声，大步走出楼去。

吕建国站在厂门口，突然发现厂门口的树一夜之间，已经绿绿的了，恼人的春寒大概就要过去了。

天下荒年

忘记了那个年代，就等于背弃了一种人格，唯有这种人格，才能激扬起我们弱化了的世界，使我们像沙子一样涣散了的人群，重新聚集成水泥钢筋一样的人格建筑，在这一个风雨如磐的世界中，以求得们神坚强地再生。

——作者题记

我纪念我的父亲，不仅仅因血缘的关系。为了我的出生，我的父亲和母亲都付出了过于沉重的代价。

我是一个私生子，一个没有经过人类文明生产原则的承诺，就冒冒失失跑到人间的生命。直到我为人妇为人母之后，仍羞于提起我的父亲和我的母亲。我内心世界中，至今仍觉得自己是一个孽障。这种负罪感或许会像阴影一样紧紧缠绕我的一生。这真是悲凉没顶的事情啊。

1949 年，父亲进城后，就脱去了军装，在北方的一个城市里给市委书记当秘书兼市委秘书科长。一个前程似锦且不好估量的职业。

我的祖父是地主，父亲就比高玉宝们幸福，他读过书，有文化。连天的炮火一经停止，文化就有了超越出枪杆子的优势。所以，有文化的父亲就很受重用。按照他的一些老战友的说法，他若不出那桩风流韵事，以至断送了政治前程，以致最后连生命也搭了进去，他现在或许已经是省一级的干部了。

我常常负疚地想，我这可悲的生命或许是用一个省长的性命换来的。

也有人说，我父亲的悲剧就在于他是一个读书人，读书人喜欢读书人，于是就喜欢出了问题。由此看来，“喜欢”这种人类行为，一旦过了头，就不会是什么好事了。乐极生悲，大抵如此。

1951 年，第一批大学生分配到市委机关。其中一个叫黄玲的姑娘迷住了父亲。

父亲的悲剧由此开始。

我走访过父亲的一些老战友，他们回忆说，黄玲姑娘长得好漂亮，爱笑爱唱。他们使用了一句陈旧的比喻，说黄玲像只百灵鸟。

市委书记贺二喜也喜欢上了这只百灵鸟。于是，父亲就有了一个强劲的情敌。

脱下军装之前，贺二喜是师长，父亲是他手下的一个营长，贺二喜很赏识父亲，贺二喜当了市委书记之后，就让父亲给他当秘书，后来又当秘书科长，这应该是一对铁心铁胆了的上下级，却成了情场中的对手。该如何较量。贺二喜的优势大于父亲：参加过长征的老干部。独身。妻子在战争中牺牲。无子女，无家室之累。我父亲则是有家室的。但父亲的一些优势也大于贺二喜：有文化，三十岁出头，年轻英俊。贺二喜则是四十开外，一张有刀疤的脸，一副能使天下所有的林黛玉们望风而逃的凶恶的面孔。

情场逐鹿谁得手？战友们都劝父亲退出这场角逐，把黄玲让给贺师长。

在战场上对贺二喜唯命是从的父亲，竟昏了头似的，毫不让步，他一面抓紧与那个斗大的字认不下几箩筐、死活不进城、仍在村里当妇联主任的妻子袁桂兰离婚；一面加紧对黄玲的攻势。后来干脆把黄玲调到市委秘书科，控制在自己的视野之内，并对再来劝他退出角逐的战友大发雷霆：我就是要娶黄玲，豁出去这个科长不当了，也要娶她。

不爱江山爱美人。这真是一句气吞山河的爱情誓言，却也真是一句误事的蠢话。情场使人变傻，大概人同此理。我可怜的父亲也不能免俗。遗憾的是我没能了解这段男欢女爱故事的全貌，如果能细细写出来，相信也会使当今的情种们泪飞如雨。

我猜想，当父亲信誓旦旦地对黄玲表白了决心之后，风情万种的黄玲姑娘一定会扑上来像根常春藤似的吊在我父亲的脖子上，撒娇道：你真是我心中的白马王子啊！我想或许会是这种情况的。父亲当时一定沉醉在温柔乡里不知归路了。

父亲经过了一年多的离婚大战，竟以失败告终。袁桂兰不肯离婚，最要命的是父亲必须到家乡的县法院去请求离婚，而那个县的县委书记就是我大伯。大伯对这种陈世美的行为是深恶痛绝的，他坚决反对我父亲离婚。县法院谁敢成全我的父亲?

于是，可怜的父亲就不能和黄玲结婚。更悲剧的是黄玲却怀孕了。这样就既成了乱搞男女关系的事实，黄玲受了处分，被下放到牛奶厂去劳动了。父亲也因此被停职检查。这件事对于今天许许多多敢于未婚先孕或婚外乱孕且不受任何指责的少男少女们，或许是不可思议的。而当时的情况的确就是这样的。应该说，那是一个不相信爱情的年代，如果随便找一个人来问问，人家都会说：什么爱情，明明是乱搞嘛。我的父亲作为一个有妇之夫，敢于拼死拼活地去追求黄玲，他已经付出了最大的代价，已经表现了他最大的胆量，他作为一个有着远大前程的革命干部，敢于让黄玲的肚子在光天化日之下大起来，他也已经愚蠢到了不可救药的地步。

事已至此，贺二喜悻悻地退出了对黄玲的角逐。

于是，就有一个记者恨恨地写了文章，在 A 市的报纸上刊登出来了。文章指名道姓地对我父亲进行了道德攻击。说我父亲是丧尽天良的陈世美，一进城就被花花世界迷住，另觅新欢，企图甩掉用小米支援了革命的农村妻子，那时的报纸绝非今天可比。今天的报纸已经没有了当年那种权威性：相反还产生出一种越批越香的效应。真是怪怪的。而在当时，父亲的恶行一经见诸报端，他的政治生命也就宣告完结了。很快，他的处理结论也就有了：撤去市委秘书科长的职务，调离市委，下放到炼铁厂参加劳动。

这一对曾有过片刻之欢的露水鸳鸯，就这样生生被拆散了。但事情没有最后结束，黄玲已引起政工部门的注意，市委组织部开始了对黄玲历史的调查，调查很快有了结论：黄玲在中学读书的时候参加过三青团，而且和国民党特务有过接触。特嫌？

黄玲是在牛奶厂干活的时候被抓走的。她竟没能和我父亲见上一面。她和他都不曾想到，这一别竟成永诀。

黄玲给我父亲留下一个不满周岁的女儿。这是他俩苦恋一场的唯一收获。这个女孩名叫援朝。援朝就是我。我很不光彩地来到人间，却有了一个十分光彩的名字。

二十六年后，当我再次见到我的母亲黄玲，她已经是白发苍苍了。当我看到站在我面前的这个表情木讷的老女人，看到岁月在她脸上刻下的纵横交错的皱纹，我找不出一丝她曾经有过的青春的影子。我暗暗奇怪，难道她就是那个曾经让我父亲神魂颠倒不惜和贺二喜反目为仇的黄玲吗？我突然强烈感受到了岁月的残酷。我由此突然怀疑“冲冠一怒为红颜”这句古话的可信性小真是悲剧。

更可悲的就是，母亲出狱那天，正是我父亲自绝于人民的二十周年，这一对生死茫茫的男女啊。

那天，刮着大风，天空被搅得昏昏黄黄。我晕头晕脑地坐了三天两夜的火车，又坐了一天一夜的汽车，匆匆赶到西北某地那个劳改农场，去接平反出狱的母亲黄玲。我在那间插满了铁条的鸟笼子一样的候客室里等候了十几分钟，一个表情像沙漠一样干燥的女管教干部，领来了一个身材瘦小且佝偻的老女人。我明白了她就是我的生身母亲黄玲。黄玲听我通报了姓名，怔了许久，才木木地点头，就再无话，那天，因为没有赶上火车，我和她就在那个小镇住了一夜，晚上，我小心翼翼地把我父亲早已不在人世的事实告诉她，她依然没有表情。过了许久，她那消瘦的双肩颤抖起来，让我想到了在寒风中战栗的枯叶，她使劲用手帕捂住嘴巴，两行浑浊的泪水淌下来，很快就把一张满是皱纹的脸，弄得一塌糊涂了。她就这样无声地哭着。终于，她突然哑哑地喊起来：是你爸爸害了我啊。我恨死他了。她一把抱住我，号啕起来。

窗外是野野的狂风，恶恶地扑打着门窗，仿佛要向我讲述一个凄绝的传说。

我至今记得，我当时心如刀割。我不曾防备她对我父亲仇恨到这种程度，由此我开始怀疑她对我父亲爱情的真实。我可怜的母亲，她作为一个从风雨飘摇的旧中国过来的小知识分子，对我父亲究竟会有多少理解和爱呢？谁又敢保证没有攀附投机的成分呢？或许我太阴暗了，但反思这件父母的悲剧，我宁愿相信父亲比母亲更真诚些。我突然有些讨厌起这个有些病态的老女人了。一年之后，当我躺在A市妇幼医院的产床上，呼天抢地欲死欲活的时候，我才猛然间原谅了黄玲，她是我的母亲啊，她也曾在生下我的时候，经历了这样一场生死的炼狱啊。

父亲的死，除去那场社会悲剧的原因，很大程度上是他的性格所致。当然也不能不说黄玲给他带来的厄运，母亲被捕后，父亲的档案里被注明了“特嫌。控制使用。”这些，父亲是不知道的。1979年为父亲平反时，才撤出了这个结论。我当时看着那几张泛着黄色的纸页，心里悲哀极了。父亲是背着这个结论走到了生命尽头的。好比你穿着一件新衣服，你的背后被人悄悄画上了一个丑陋的记号，你却一无所知，仍是向前走着，你看不到你身后那些异样的目光，你是多么的可悲和愚蠢啊。

父亲死于1960年。

1960年，当那场大饥荒走到人们的眼前，中国的老百姓才突然发现社会主义竟也埋伏着饥饿这样一个定时炸弹。炼铁厂的食堂管理员因为偷偷地多吃了一个菜团子，被下放回家了。据说，那个管理员也是一个抗战时期的老革命了，如果不是为那一个菜团子，是决不会被下放回家的。一个菜团子，即把他出生入死的革命经历一笔勾销了。他如果能够活到现在，我想他一定会为当年没能管住自己的嘴，而悔恨一生的。

父亲被调到食堂当管理员。

那年我九岁，每天放学回家，就等父亲回来熬菜粥。我永远记得那菜粥的制作工艺：抓一把混合面（高粱面玉米芯之类合成），放进沸水中，然后再加入野菜，再加入盐，等锅中的水再度沸起，即用力搅拌。约五六分钟以后，便熄火，可以吃了。

那天，父亲很晚了还没回来，我饿得顶不住，就自己动手做饭，就趁机多抓了两把面，放了比平常少的野菜，我至今记得那顿饭吃得非常奢侈。结婚以后，我多次跟丈夫说起那顿饭，说很想再做一回吃吃。丈夫笑：那你就试试，你肯定会成了相声里的那个要喝珍珠翡翠白玉汤的朱元璋。我也笑。就终于没有一试，我怕破坏掉记忆中那个奢侈而又香甜的记忆。那天我吃得很饱，吃完了就害怕，怕父亲回来教训我。每顿饭他是决不让多放面的。我越想越怕，后来大概是睡着了。大概还做了一个很开心的梦。

父亲那一夜没有回来，第二天一早，厂里来了一个阿姨，我至今不知道她的名字。只记得她的脸尖尖的，眼窝深深的，挺严肃的。阿姨送我去上学。中午她又去接我去厂食堂吃饭。我问阿姨我爸爸去哪了？阿姨说你爸爸有事，让阿姨陪你的。几天以后，我才知道父亲死了。

食堂丢了一袋混合面。立刻就惊动全厂。那是个粮食比金子还金贵的年代啊。就成了厂里的一件大案。就有人怀疑我父亲偷了。因为那天是父亲值班。于是，厂保卫科就把父亲找了去，要父亲交代。父亲气坏了，就吵了起来。结果，父亲就被关了起来，隔离审查了。当天夜里，父亲就自杀了。他拔下墙上的一根钉子，刺断了动脉。血就像无数只红色的小虫，急促促地爬出门去。

1964 年四清运动中，那个食堂的一个姓张的炊事员因为经济问题被审查，就交代了那一袋混合面是他偷的。

父亲真冤，当时厂里是以畏罪自杀报上去的。当时的市委书记贺二喜听到消息就火了，一个电话把炼铁厂的书记厂长叫了去问话。那个厂长刚刚跟贺二喜说了两句，就被贺二喜扬手一拳打了个跟头。贺二喜破口大骂：我操你们祖宗，秦志训是那种人？于是，父亲就被以病故处理了。贺二喜亲自主持了我父亲的后事。那天，我是第一次见贺二喜，只知道这个络腮胡子的伯伯是父亲的战友，是个曾经骑马打仗的大官，却不知道他还是父亲的情敌。贺二喜看着我父亲的棺材，凶凶地盯着我说：哭哭你爸，他要走了。哭啊。我就趴在那具黑色的棺材上哭。贺二喜一把搂住我，我看到他眼睛里大颗大颗的泪蛋子滚下来。我一直很被这种战友的感情所感动。我丝毫不怀疑这期间的真诚。

父亲死后，我被贺二喜接到他那里住了两个多月，之后，父亲的妻子袁桂兰就来 A 市接我。

我第一次见到了袁桂兰。她是一个非常爽朗的农村妇女，一说话先笑。她梳着短发，一双小眼睛，亮亮的。她的脸贴着我的脸，任泪水流着，流到了我的嘴里。我至今记得从那双小眼睛里流出的那咸咸的泪水。贺二喜让我喊袁桂兰娘。我喊不出。贺二喜就朝我瞪眼。袁桂兰就笑：叫不出就不叫。

袁桂兰就从怀里掏出一块带着她的体温的菜馍让我吃。我就大口大口吃得很香。袁桂兰就问我想不想跟她到乡下去？我就点头。贺二喜对袁桂兰说：我对不起你啊，我没有把老秦看管好，他不该死的啊。袁桂兰没说话，眼里就又有了闪闪发亮的东西。贺二喜说：这孩子你要不想带，就交给我来养好了。袁桂兰笑了笑说：我喜欢这孩子，这孩子长得挺像她爹的。贺二喜也笑道：我也挺喜欢这孩子。你要是不想带她，我还真留下她了。真是有几分像老秦呢。

第二天，贺二喜送我和袁娘上了车站。我们上了车，贺二喜就在车下朝我们挥手。我看到他那只独眼里淌下了几滴泪。贺二喜 1964 年病故，没有经过那场史无前例的运动。

我就随袁桂兰回到了父亲的家乡。我就跟袁桂兰在一起生活了一年多的时间，我就有了母爱，至今我也认为袁桂兰是我的母亲。她是一位伟大的母亲。我始终不能理解上苍为什么要在她和我父亲之间安排一场悲剧的结局。恩恩怨怨生生死死，一切好像都在宿命里安排好了。

我也常常想，男女婚配，也许并非命中注定，实在是机遇的缘故。或者黄玲真该成为父亲的妻子，但却不一定非我父亲不嫁。袁桂兰也并非不可以同我父亲离婚。也许黄玲嫁给我父亲她会十分幸福，但焉知她与张三或者李四结合就是堕入火坑呢？或者大幸或者大不幸，谁又可知？但黄玲一旦钟情于我父亲，诸多可能便不复存在，又怎能遑论她与我父亲一定是爱情悲剧呢？幸与不幸，真是无法预料，推而广之，人世间大抵如此。谁是明哲？人生由始至终，爱与不爱，无论悲欢，到头来都是茫茫白骨，一缕轻烟。如此说来，爱与不爱便无可无不可，无所谓真心或者假意，爱得过于沉重，一定要认真起来，便有些轻薄了，便让人不好承受了。黄玲如此，袁桂兰也是如此。

我叫袁桂兰娘，她是燕家村的党支部副书记，兼妇女主任。我和娘和大娘住在一起。大娘是大伯的妻子，在县里当干部。大娘那年在燕家村搞社教，就住在家里。大伯那时已经当了地委书记，很忙的，不常常回来。

大伯是我的家族中很了不起的人物。大伯 1958 年至 1962 年当过我们那个地区的地委书记。

大伯最辉煌的历史就是跟毛主席合过影，那张照片我见过。大伯死后，地区组织部的人把照片连同底片一并收走了。1976 年毛主席逝世后，地区的日报上刊出过这张照片，只是被做了技术处理，上面只有毛主席，大伯不见了。1986 年，纪念毛主席逝世十周年，这张照片重新刊出，才有了大伯的形象。

这张照片是新华社的记者拍摄的，毛主席站在麦田里，戴一顶草帽，穿一件白衬衣，慈祥地笑着，是全国人民都熟悉的那种伟大的慈祥，白衬衣的肘弯处，有两块补丁，很打眼。裤腿高高地挽过膝盖，大伯站在主席的右侧，穿得很整齐。是那种当时十分流行的中山装，裤腿有笔直的裤线。头发刚刚理过，很整齐，发型很土气，没有留鬓角，样子十分滑稽，好像是一个扣在头上的黑锅盖。大伯张嘴笑着，笑得很傻气，是那种很幸福又很小心的笑。那年是“大跃进”，毛主席来这个县视察，在地头和大伯合影的。大伯那时是苍山县县委书记。

大娘回忆说，当时地委通知，只说是中央首长要来视察，可谁也没想到会是毛主席来。大伯两天两夜没睡觉，白天下地参加劳动，晚上在办公室里点灯熬眼背材料，准备汇报，那天的上午，大伯正在地里浇水，弄得浑身的泥泥水水。很狼狈。地区的一个副专员风风火火开着辆吉普车赶到地头，扯着嗓子吼大伯。大伯就挑着水桶跑过来。这才知道是毛主席来了。大伯慌得扔了水桶，连丢在地头的鞋也没有来得及穿，就赤着一双泥脚上了副专员的车。谁也不曾想到，大伯这一双泥脚后来就有了名堂。那天，所有地委的干部和省委领导都在路边静候着。初夏的风暖暖地吹着，人们却都觉得内心有一种说不出的燥热。不知是谁喊了一声：来了啊，人们就看到远远地有几辆吉姆汽车沿着乡间的土道开了过来，扬起阵阵黄尘。车停稳，先是几个工作人员下来，然后就有一个高大的男人在下来。有人惊呼一声：毛主席。省委的领导和地委的主要领导迎上去。毛主席和他们握了手，就用浓重的湘音问道：本方土地可在？

省委书记就看地委书记，地委书记就低声喊：秦志达，秦志达快过来。大伯就忙从人群外面慌慌地应一声：我在哩。众人就闪开一条道，大伯就战战兢兢走过来。地委书记见大伯一身泥水，裤子挽过了膝盖，没穿鞋，脚上都是泥。就低声埋怨：你怎么搞的嘛！大伯就尴尬地站在了那里。

毛主席就笑道：县太爷，毛泽东今日要打扰了。就伸出手跟大伯握。大伯两只手上都是泥，就慌得不知如何是好，手就被毛主席握住了。大伯就口吃起来：主席，我这手脏啊。毛主席就笑：那你就是一个赃官喽。你刮地皮了吗？大伯一时怔住了。主席就说：一年清知府，十万雪花银啊。开句玩笑。大家就都笑了，大伯也就跟着笑了，心就松了一口气。毛主席打量了一下大伯，就问：你是刚刚下田了？大伯点头：是的。主席问：你的鞋子呢？大伯不好意思地说：报告主席，刚才乱跑，忘到田边了。主席就笑着朝田里走，大伯慌慌地跟在后边。主席就问：你这个泥腿子县太爷，可知道贵县出过什么大人物啊？天宝八年，李太白曾路过此地，对贵县印象不佳啊。

把大伯问得哑口无言，主席就对大伯讲了一段李白的故事。又对大伯说，当中国共产党的干部，应该读读中国历史，否则就当不好共产党的。后来，大伯让人给他买来内部版的二十四史，堆在他那间宽大的书房里，还有《红楼梦》什么的。大伯死后，这些由大娘保管，我曾去翻过，书皮都已经泛黄，里边却都是新新的，书的主人肯定没有看过。一屋子书就那样神气活现地立在那里，我不解，大伯没有看这些书，却为什么要买这些书？为了装装样子，还是他根本就看不懂这些书？他一生追随伟人，却无法效仿伟人。大娘曾苦笑着对我说：你大伯就不是读书的材料。

第二天上午，趁毛主席睡觉的时候，地委书记让大伯赶快去理了发。并让大伯去到商店买了一件蓝呢子的中山装。毛主席一觉醒来，看到换了装束的大伯，就笑着摇头：不好，不好。不像一个泥腿子了啊。大伯当时尴尬极了，就穿着这身新衣服跟毛主席去麦田，就跟毛主席合了那张影。那天晚上，毛主席召集省和地区的领导开会，主席讲要保护群众的积极性，讲到快天亮的时候，大家都饿了，毛主席就让大伯请大家吃饭，主席对大伯笑道：县太爷，肚子要闹革命喽，我出钱，你请大家的客。大伯笑着就要去安排饭。主席笑着喊住大伯：我出门匆忙，没有好多钱，就请大家每人吃一碗面条，大伯就愣了。主席又笑道：我是管了不管饱，就这样。结果大家都没有吃饱。吃罢饭，大家空着半个肚子继续开会。散会时大伯悄悄问主席，为什么不让大家吃饱？主席淡淡道：我就是要让大家饿饿饭的，你们都是一方诸侯，各有地盘，自然不会饿饭。饿一饿饭，尝一尝挨饿的滋味，就会知道老百姓的日子。大伯怔怔的。

毛主席走后，大伯就把那件中山装锁了起来，到死再也没有穿过。而且再也没有穿过一件新衣服，大伯常常说：知道吗？毛主席的衬衣打着补丁啊。大娘说，大伯每每讲起这件事，眼睛总是湿湿的。

毛主席视察了之后，就在中央工作会议上表扬了大伯，说大伯是一个“泥腿子县太爷。”大伯由此大红大紫起来，很快就调到地委当了书记。于是，大伯就更加拼命地放卫星了。听大娘讲，大伯 1958 年整整一年没有回家，各县跑，亲自指挥上山伐木开山造田，大炼钢铁。有时就住在山上，累得一度吐了血。仍然拄着一根棍子在山上转，像一头凶凶的豹子，在山上吼。一些新闻单位的记者就蜂拥而来，采访这位泥腿子书记。于是，中央、省、地区的报纸上，常常有大伯的名字和新闻照片出现。

然而，生活却无情地嘲讽了大伯。1960 年，我们这个地区在全国饿死人的数量，是名列前茅的。苍山县的死亡率占全地区的榜首。1962 年，中央开会，省委书记去了，回来后，省委开会传达中央会议精神。省委书记对大伯说：主席要我替他问候你，他说要找你算账哩，你那个地区怎么会饿死那么多人啊？

大伯脸色苍白，一句话也说不出。回来后不久，就住了医院。再不久，就死了。一个人的生命，真像是一片树叶，刚刚还是绿绿的，一阵风过后，却说黄就黄，说落就落了。而且人一死，就什么也没有了啊。

我常常想，大伯应该是吓死的，大伯临死前，对大娘说：不要给我穿鞋，主席说我是泥腿子县太爷。就让我光着脚走吧。于是，大伯就被光着脚装进了棺材。

大伯的儿子女儿都在农村，直到大伯死，也没能把户口转到城里。大伯生前曾说：都想进城，那谁来种地啊？我是领导，我就要带头让孩子在农村扎根。大娘 1982 年离休，她曾在地区水利局当办公室主任，离休后，把户口迁回了老家。地区老干部局按政策给她一笔安家费，可大娘没要这笔钱，把这笔钱捐给了地区养老院。

大伯的两个儿子现在都当了爷爷，始终在农村务农。大伯的三个孙子这几年常常进城跑买卖，到我家里来过几回。喝多了酒，就骂他们的爷爷：那老爷子太死心眼。当了那么大的官，还把一家子丢在农村了。我听了，心里十分感慨：如果大伯地下有知，他该做何感想呢？

前几年，听说县里卖户口，一万块钱一个，大伯的几个孙子都买了户口搬到县城去了。只是大伯的两个儿子都没有进县城。大娘也没有进城。听说孙子们还和我那两个堂哥吵了一架。

1960年夏天的那个阴阴沉沉的日子，仿佛老天爷有着无限的心事。我被袁娘接回了父亲的家乡，那天我跟着袁娘在县城下了车，又步行了十余里山路，才到了燕家村。我就看到了燕家村的土房和草房，全是黄土泥墙，远远地就像一群黄牛呆呆地卧在那里晒太阳，太阳光烈烈地泼下来，黄牛们便周身闪着金光。走近了，才看出那是墙上的黄泥中拌有麦秸，麦秸在阳光下黄灿灿的。一个中年汉子站在村口迎住我们。袁娘叫了一声三哥，又对我说，这是你三伯。我就怯生生地叫了一声三伯，三伯哈哈笑了，我发现三伯长得很像我父亲。三伯就很亲热地背起我往村里走。我后来才知道，三伯是被罢了官，回乡养病的。三伯走了几步回头对袁娘笑道：天大热了，到村前的井上喝口水再走吧。我们就去了村前一眼井上去喝水。那口井前是一座大庙。三伯苦笑道：全村就这一眼井有水了啊。也许真是这庙里的灵气护佑啊。

村前这一座大庙，叫燕王寺。这座庙方圆百里有名，常常有人来进香。传说这座古庙是北魏时的建筑，很是有些来历的。也有的说，此庙是唐代一个一生坚持克己复礼的官僚的纪念馆。这位官僚姓燕，燕家村是他的封地，如此说来，燕家村都是他的后人了。可是燕家村三百余户人家偏偏就没有一个姓燕的。很怪的。

庙门前有一块石碑，上边刻写着密密麻麻的隶书小字，我到燕家村那年看到过。听大人们讲，上边刻着燕家村的村约。村约要求村民们克己复礼，非礼勿视，非礼勿动，非礼勿做什么的。我看不懂，大概就是这些意思。等我能看懂的时候，这块碑已经不在了。

碑文规定，凡是违犯村约的，都要自缚在碑前，不进水米，暴晒三日。重犯者，还要在碑前给以杖责，以警百生。如此说，这座石碑又是燕家村人自设公堂的地方了。据老人们传说，燕家村百年间的记载中，从未发生过偷窃的事情。

1958 年村上修水渠，要拆去这座庙。那年毛主席来县里视察，说这座庙是一个古迹，要保护。人们就不敢再拆了。县里还拨了专款修整了一下。到“文化大革命”，这座庙被从城里赶来的红卫兵给拆了。拆下的砖头，被村里人弄回去或垒了猪圈或砌了鸡窝。“文革”后，乡里几次提议重修燕王寺，可是县上没有钱，只好作罢。前年，燕家村里的几家富户，私下合计重修燕王寺。于是，村里的大户纷纷解囊捐款。其中包括大伯的两个儿子。于是，重金从城内请来了几个高级工艺美术师，先画图，再设计修改，反反复复弄了小一年的光景，才定下稿子。然后就从城内请来包工队，叮叮当当干了三个多月，一座华丽的寺庙重新盖了起来。听说竣工那天，县里的干部们都来剪彩，还请了县里的剧团来唱了两天大戏。唱的是《二进宫》、《捉放曹》什么的。寺庙前还立了一块石碑，本来说要重新刻写上燕家村的村约的，可是村中竟无一个人能背下那几百字的村约了。石碑就显得有些大而无当了。上边就只好刻写了捐资修庙人的名单，大伯的两个儿子显显赫赫地写在了前面。

当时，村里也给我写了信，让我回去助兴。我因为到外地采访就没有回去。过了些日子，我回去看了看，燕王庙真是成了苍山县的一景，首先方圆百里前来烧香许愿的就摩肩接踵，庙前庙后都是集市了，叫卖声轰轰乱响。县委宣传部的李部长陪着我，笑道：这叫文化搭台，经济唱戏啊。现在乡里发展经济，这也是一个好办法。我笑笑，没有说话。李部长就挺干的。就扯我去乡里喝酒。

那场酒喝得昏天黑地，李部长喝得烂醉如泥。大伯的两个儿子一劲猛灌县公安局的一个副局长，请他放一个什么人出来。我没听清楚。好像是那个人是燕家村现任党支部书记的儿子，因为偷了什么被抓起来了。那个副局长一口答应。于是，又是乱喝一气。

我觉得没趣，就走出来。又来到燕王庙。时值黄昏，集市已然散了。燕王庙前只有两个老者在打扫卫生。尘土飞扬。庙前的那块碑在飞扬的尘土中，显得脏兮兮的，还有一些好像是鼻涕之类的浑浊的黏液被人涂抹在上边，显得十分尴尬。

我久久站立在这座华丽堂皇的寺庙前，暮色已经涌上来，我的视野里袭来一阵阵凄凉，我的心也随之一分分地下沉，我感觉我在咀嚼一种文化的苦涩。田野里寂静无声，暮色中的村庄浮动着一片浑浊的哀切。我终于明白，岂止是那座石碑没有了，我记忆中的那座古寺也确确实实不存在了。现在我看到的，只是一个现代人精心装饰的仿本。

那场大饥饿来得的确太突然了。

我随袁娘回到老家的这一年，县里几乎是绝收。先是大旱，地裂得像小孩子嘴，张张着。太阳烤上去，滋滋地冒烟。紧接着是一场蝗灾。据说旱灾蝗灾已经像风一样呼呼地刮遍了北方几个省份。

这一年，公社的食堂还没有解散，但也已经是冷锅冷灶了。“大跃进”那股狂热已经降到冰点。

真像是一场噩梦，田野里什么也不长，老天爷不下一场雨，只有村东那几十亩地种上了地瓜，半死不活的地瓜秧，跟四类分子一样的表情。四面的山上和沟里，已经见不到绿色，凡是可以果腹的东西，统统被人们用作了代食品。

我每天要走五里路，去公社办的小学校去上课。我那年上小学三年级了，至今记得我们的老师是一个面色黄黄的年轻女教师，姓苗。她天天给我们讲课，晕倒在课堂上好几回，每天都空出两三节课的样子，苗老师带着我们去田野里挖野菜，因为全公社已经因误食有毒的野菜，死了很多人了，所以只能让教师带着去挖，才知道哪些能吃，哪些不能吃。我记得有种叫作“月儿”的野菜，名字十分好听，毒性却十分厉害，人吃下去后三两个时辰，浑身奇痒，就出现豆粒大的紫水泡，抓破了之后，身上就溃烂，无药可医。人死之后，骨头都是黑色的，可见奇毒无比。我的两个同学，都是眼睁睁地被“月儿”毒死的。当野菜被人们挖光的时候，我们便去跟老师捋树叶，最好吃的是榆树叶，还有杨树叶和柳叶，要用水浸上几个日夜，去掉那种苦涩的味道，再稍稍放上一点面，上锅去蒸。树叶很快就吃光了，就吃树皮。树皮中最好的是榆树皮，扒下来，晒干，放到碾盘上碾成粉状，掺上野菜，就算作是上好的食品了。还有杨树皮，柳树皮，味道就差多了。很快，学校里的小树林里的树皮都被剥光了，月光下，就像一群赤身裸体的人站在那里，有时猫头鹰就在那白光光的树林中哀哀地叫上一夜，听得人心颤颤的。这种感觉我至今还有，我从不养猫，我不知道猫与猫头鹰是否是一类，但我怕猫，很怕。尤其是怕听猫叫。

苗老师常常给我们讲述共产主义的远景。我至今记得这样几句：共产主义就是楼上楼下，电灯电话。每天每顿吃苹果，每天每顿吃鸡蛋。我记得每次听苗老师讲这些美丽而又幸福的远景时，我的口水便悄悄淌下来。

村里已经听不到鸡鸣狗叫，也看不到炊烟。生活似乎已经没有了生气，只剩下了难挨的日子，天天都有饿死的人被拖出村去，埋在村东面的坟地里。人们整日都是傻傻的表情，两眼灰蒙蒙的，空空洞洞，木了一样，没有了哭声，或者人们已经没有力气哭。整个村子陷入一种死静。

三伯终日闲在屋里写他的书，多少年之后，我才知道，三伯原来是一个挺大的干部。

父亲一共兄弟五人，父亲排行老五。因为我的爷爷与村中的举人有仇，爷爷被举人害死，于是，父亲五兄弟都参加了红军。二伯和四伯先后都在战争中牺牲了。

三伯进城后，在北方一个城市当了市委书记。三伯很能干的，据说他可以三天三夜不睡，可以一口气处理上百件案子，且不出差错。现仍健在的一位中央领导同志当时就夸奖三伯，说他非百里之才。三伯本可以升到更高官位，可惜他被一个战友带累得断送了前程。

这个战友名叫曹双。曹双当时是那个城市的副书记兼公安局长。我曾听三伯说曹双是个独眼龙，那只眼睛被日本人的刺刀捅瞎了。曹双爱喝酒，爱说下流话，爱发火。“解放”那几年工作十分出色，镇压反革命，惩治不法资本家，干得挺带劲，很受市民们的欢迎。曹双还好色。据说，当时市委有几个女干部都跟他有染。如果曹双是一个一般的干部，也就罢了，可他偏偏是一个有着很大权力的市委领导。于是，这一个天下男人几乎共有的毛病，就给他带来了危险。

曹双先是看上了一个姓于的中学女教员，他是到下面视察工作时，发现了于教员长得漂亮，就动了心，就指名要于老师到他的办公室当秘书。那个于老师就神神气气地到曹双的办公室上班了。三伯知道了，不同意，三伯说那个于老师过去是个交际花，在日伪时期有劣迹。三伯就把于老师调了回去。理由是教育部门缺人。曹双不高兴，说三伯不支持他的工作。曹双资历比三伯老，不怕三伯。三伯这一回却发了火：老曹，你是有家室的人，市委几个女的已经让你给搞得乱了套，你还要怎样搞？曹双只好悻悻地作罢。

市里有个名角，叫边彩玉，唱青衣的，唱得绝好。曹双喜欢得不行，每每边彩玉演出，曹双都要去捧场。有些戏迷就看出了名堂，私下说曹书记要栽倒在边彩玉的脚下了。果然就出了事。

那天，曹双吃了酒，就带着警卫员去听戏。戏散了，曹双就上台跟演员们握手，还邀边彩玉到公安局去演一个夜场。边彩玉就去了。

到了公安局，夜已经很深了。边彩玉唱了一出折子戏，就要回去，曹双就让别人先走，要留下边彩玉谈谈话。边彩玉陪笑说：今天太晚了，曹书记要休息啊。曹双就黑下脸来：我找你谈工作，晚什么晚。边彩玉就不敢再说，就跟曹双到了一间办公室，曹双进了门就笑，你要是不想谈就不谈了吧，你再给老曹我唱一段吧。边彩玉就唱了一段。唱着唱着，曹双的酒劲就涌上来，就扑过去抱住了边彩玉，边彩玉吓得喊起来。曹双就更来了劲，笑道：别叫别叫。就按住边彩玉脱衣服。值班的副局长就闯过来，劝开了曹双，边彩玉已经让曹双扒得只剩下内衣了。曹双正在兴头上，破口大骂副局长：你给老子滚出去。副局长给边彩玉递一个眼色，边彩玉抓过衣服跑了。曹双的好事就没有做成。第二天，曹双的酒醒了，就有点后悔，让警卫员去给边彩玉道歉。警卫员去了回来说，坏了，边彩玉罢演了。

就掀起一场轩然大波。城内的艺人们为此事表示出极大的愤怒。共产党刚刚进城就这样了，跟国民党还有什么两样啊。就有人给边彩玉出主意，不能这样就算了，告！

就告到三伯那里，三伯就让曹双写检查，让他公开向边彩玉道歉。曹双自知理亏，就到边彩玉那里去道歉。本来事情到了这一步也就算了。可是有人背后给边彩玉出主意，让她继续往省里告。于是，边彩玉就不见曹双，往省里告了曹双。

到底是谁给边彩玉出的主意，这件事一直到了“文革”时才抖搂出来，边彩玉的后台就是当时的副书记。因为平日曹双跋扈得很，在市里除了三伯之外，谁也不放在眼里，据说各个市领导都挨过他的骂。那个副书记是个知识分子，脸皮很薄，曾让曹双骂过几回。曹双说过就完了，副书记却记在了心里。抓住这件事情做开了文章，给边彩玉出了许多欲置曹双于死地的办法。所以说，边彩玉的事件，跟当时的政治斗争联系在一起，就带有了阴谋的色彩。

省里派来了人，调查曹双的事情。问过之后，也认为没有发生什么事情，就想大事化小，小事化了算了。省里的同志和三伯一同找过边彩玉几次，请她接受曹双的道歉。但是，边彩玉不依不饶。

三伯火了，对着边彩玉嚷开了：又没有发生什么事情，莫非还要把老曹的脑袋掀给你才解恨吗？省里的同志也认为边彩玉有些过分了。边彩玉就有些吃不住劲了，就表示不再告了。省里也准备给曹双党内处分。事情就要结束。

谁知这时候又出来个姓于的女人告曹双。这个女人就是曹双要调来当秘书的那个中学教师。这个女人告状说曹双强奸过她。

平地一声雷，省里的同志和三伯一下子都懵了。

三伯就去找曹双，问他是否有过此事。

曹双涨红着脸，闷下头不讲话。

三伯大怒，把桌子拍得山响：老曹，咱们都是提着脑袋干了几十年的人，大丈夫敢做敢当，你到底怎么那娘们了？

曹双咬牙切齿道：操他娘，老子让人涮了。她那回找我睡觉，我意志不坚定，就跟这个臭娘们睡了，现在又来咬我。算我倒霉。随组织上怎么处理吧，我已经犯到了这份上，就没得话说了。

三伯恨得跺脚：老曹啊老曹，你怎么这么糊涂，这种人最难办了。你好好想想，莫要给自己头上扣屎盆哟。

三伯就有指点曹双赖账的意思。三伯后来说，他当时已经感觉有人在这个女人身后当孔明，否则一个那样的女人是绝不敢来告曹双的。而且这种事情，只要一方咬住牙不认，谁也没有办法的。不幸的是，曹双是一个热血汉子，不肯当缩头乌龟。这就把他自己逼上了绝路。曹双眼一瞪：我老曹敢做敢当，没得改口。

三伯一阵头晕，张张口，再也无话可说。

省里的同志就认为案情重大，不敢再保护曹双，就把情况带回省里去了。

没过几天，省公安厅就来了人，抓了曹双。曹双不是一般干部，案子就报到了中央，据说就报到了主席那里，毛主席批了四个字：杀一儆百。

三伯不知道这事情已经惊动了中央，听说曹双判了死刑，大吃一惊，曹双毕竟是南征北战的老干部。跟边彩玉没有做成事实，跟那个女教师纯属乱搞，双方自愿，强奸从何谈起。三伯就上书到省里，替曹双喊冤。

三伯哪里知道，省里也正在调查他的材料。那个副书记早就写好了材料递上去了，说曹双是在三伯的纵容下才无法无天的。三伯很快就被省里来的人宣布停职了。

一位副省长亲自来到A城，监斩曹双。

这期间，曹双被判死刑的消息就传开了。A城的市民就惊呆了。人们纷纷上书，要求保释曹双。这就是A城“建国”初期“万民上书保书记事件”的来龙去脉。

几个白发苍苍的老者，手持着近万名市民签名的折子，我到市委招待所，求见那位副省长，说曹双为A城做了不少好事，还年轻，请求让他戴罪立功。几个老人就齐齐地给副省长跪下了。这一跪就惊天动地。副省长泪就往下淌，颤巍巍伸手扶起几个老者，叹道：共产党不能让共产党给毁了啊。

箭在弦上，已不可逆转。

经省委研究，执行曹双死刑秘密进行，不开公判大会。公费安葬。子女由国家抚养到参加工作的年龄。

枪毙曹双的头一天，副省长代表省长来看曹双。副省长递给曹双一支烟：省长让我来看看你，问你还有什么事情？

曹双闷闷地抽烟，最后把烟头捻死，抬头道：请告诉首长，我没有什么事，我曹双给组织丢人了，该杀的。只是，秦市长不该吃我的牵累。

副省长道：老秦的问题你不要管了。

曹双停了一刻：我能喊几句口号吗？

副省长想了想：不行。

曹双就落了泪：请告诉战友们，莫学我曹双。

副省长道：省委已经发了通报，让大家记住你的教训。

曹双点头道：那就好，那就好。

副省长退出来。回到招待所，打电话喊来三伯：曹双明天就要执行了，你去送送他。他喜欢喝酒。

三伯想了想：影响好吗？

副省长好久没有说话，好一刻才重重地吐出一句话：不声张。

三伯就买了几斤好酒，夜里就去了看守所。

曹双看到三伯，就红着脸道：老秦，我带累你了。

三伯摇头道：不提这个了，我今夜来跟你痛饮几杯。

曹双笑道：你怕不是我的对手。

三伯也笑：莫吹牛。

二人就划拳行令，直到天亮，二人皆喝得大醉。

毙了曹双，边彩玉和那个女教师在 A 城待不下去了。市民们不能容忍两个女人毁了一个挺得人心的副书记。边彩玉的家门口常常被人倒粪便。她在台上演出时，也常常有人往台上扔砖头，闹得很不像话。公安局竟抓不住这些闹事的。

边彩玉只好离开了A市，去了北京。她在北京唱得挺红。但她再也没有来过A市。她死于“文革”初期，传说是让红卫兵拉去批斗时，给剃了阴阳头，她气愤不过，一头栽下台子，登时毙命。那个于教师就在学校教不下书去了。总有人骂她是破鞋。有一天，有人在她的家门口挂了一只旧鞋，她气恼地揪了下来，然后就破口大骂。骂到后来，就哈哈乱笑，笑完了，就疯了。后来就在城里乱跑，再后来城里就不见她的影子，不知所终。

四十年之后，我曾到A市采访这件事。几个老人淡淡地说：当时共产党在人们心目中的威信很高，两个女人生生毁了一个共产党的干部，谁能不恨啊，那时共产党严厉得很啊，现在要是还像当年那样就好了啊。

这是一种沉重的牢骚。沉重得让人不好承受。

曹双只有一个儿子曹迪，曹双被杀之后，一直由政府抚养，后来上了大学。我前年在海南见过曹迪，长得五大三粗的一个中年汉子。我没看见过曹双，可仍旧相信他身上有着曹双的影子，曹双应该是这种威风凛凛的样子的。曹迪在一家合资公司任总经理，我见到他，提到了我三伯的名字，曹迪哈哈大笑，之后，热情地款待了我。他向我介绍他的公司，说得兴致勃勃，却只字不提他的父亲。

临别那天，他为我饯行，在一家挺豪华的酒店摆了一桌豪华得让我眼花缭乱的酒席，他只带他的一个女秘书陪我吃饭，曹迪那天喝得醉了，问道：你是要写我爸爸的吧？

我听得一愣，笑了笑。我不知道他是什么意思。

曹迪淡淡一笑：其实我爸爸是撞在毛主席的枪口上了。你想想，当时共产党刚刚打下天下，不那样干行吗？这事要是放在现在，算不了什么的。要是按照我爸爸那个罪过就枪毙，我还不知道已经被枪毙了几回了呢。说罢，他哈哈大笑起来。

我点头道：曹伯伯其实挺可惜的，我三伯说他是一个很能干的人呢。

曹迪笑道：我现在玩过的女人，我父亲的在天之灵或许想也不敢想。他拍拍手，就有一个年轻女子走进来，当着我和曹迪那个女秘书的面，毫不羞臊地坐在了曹迪的腿上，并在曹迪的脸上身上乱摸乱啃着。

我愣了愣，就有些坐不住了。那个女秘书似乎司空见惯，毫无表情，专心致志地对付着桌上的酒菜。

曹迪笑道：你信不信？这已经是我玩过的第二百三十七个女人了。说着，就掀开那女子的衣服，揉搓那女人的乳房。那女子立刻就发出快乐的呻吟声。

我立刻头疼欲裂了，我记不得我是怎样离开的。我回到宾馆，收拾了行装，当天就离开了海南。后来，我见到三伯，提起了这件事。三伯淡淡笑道：小曹这些年一直仇恨我哩。我有些醒悟，曹迪是在向我示威，或者是向那个年代示威吧。

三伯不再说，转身走到桌案前，提起笔来，在宣纸上泼墨。我看着三伯仍然很直的背，他身上还是那身洗得发白的旧军衣，已经打了几处补丁。三伯“文革”后出任某省的副书记，可他没有去上任，就告病回家休息了。他晚年著书立说，写字画画，优哉游哉。

我总感到三伯同时代保持着一定的距离，他老了。历史已经把他抛到了社会的边缘地带。他在寂寞中守护着一种圣洁的东西，他不为汹涌而来的时代大潮所动，他的生存本身就对时代的进程发生着有益的制衡作用。三伯到死也不会有惶惶不安的样子，他应该是一个智者。领袖无有民众不成其为领袖，导师没有弟子不能成为导师，但是对于智者来说，只要他守护着人类最基本的精神价值，即使没有人知道他，他仍是一个智者。三伯至今淡泊地活着，今年八十九岁（我这篇稿子杀青之时，传来三伯逝世的消息。前天晚上，三伯在桌案前写字时，突然直直地倒下了，等干休所的医生匆匆赶来时，三伯已经没有了心跳，真是无疾而终。享年九十岁。）

这里还要交代三伯的一个情节。

曹双被枪毙后，三伯便赋闲在家。他身体不好，身上有三处弹片没能取出，就由此歇了病假，在家写书。三伯在我的家族中，是文化最高的。他上过师范，曾在延安抗大教过书，曾被视为我们党内的秀才。他还跟毛主席很熟悉。因为曹双的问题三伯翻了船，就安心在家写书了，到了1959年，他的一本《先秦诸子百家论》已经出版了。

1962年冬天，毛主席到南方巡视，途经A市，或者是想到了三伯，就打听：那个秦秀才哪里去了，我拜读过他的一本《先秦诸子百家论》，很好。

A市领导就谈了三伯的情况。

毛主席就笑：脑壳顽固不化，找他来见我，我给他开通开通。

三伯就被引来见主席。

毛主席笑：听说你要当陶渊明，可惜你生不逢时啊。

据三伯后来回忆，毛主席跟三伯谈了他那本书，提了一些意见和建议。毛主席后来就要三伯出来工作。三伯说，他要写完下一本书再说。毛主席就笑：我从不强人所难，或者你真会成为我党的司马迁。但是我还是要劝你研究一下中国当代的经济问题，我们十分缺乏这样的专家，只有一个陈云同志，是很不够的。“仓廪实而知礼仪”，是不是这样？古人这样说，我不大相信。我想你还是研究一下农民的状况，农民的问题。你还是要出来工作，现在重要的是工作，而不是书本。你好像有什么情绪嘛！

三伯就旧话重提，讲到了曹双的事情，认为处理太重了。

毛主席静静地听完了，点点头，叹道：我们杀了几个有功之臣，也是万般无奈。我建议你再重读一下《资治通鉴》，治国就是治吏，礼义廉耻，国之四维，四维不张，国将不国。如果臣下一个个都寡廉鲜耻，贪污无度，胡作非为，而国家还没有办法治理他们，那么天下一定大乱，老百姓一定要当李自成。国民党是这样，共产党也是这样。杀张子善、刘青山时，我讲过，杀了他们就是救了二百个，二千个，二万个啊。我说过的，杀人不是割韭菜，要慎之又慎。但是事出无奈，不得已啊。问题若是成了堆，就要积重难返了啊。主席的声音有些发涩。

三伯听得呆了。窗外的北风呼呼响着，锈铁般的枯枝发出海潮般的啸声。

毛主席看着三伯，缓缓地道：你研究历史，不知道你对明史怎么看的？崇祯皇帝是个好皇帝，可他面对那样一个烂摊子，只好哭天抹泪了哟。我们共产党不是明朝的崇祯，我们绝不会腐败到那种程度。不会，谁要是搞腐败那一套，我毛泽东割谁的脑袋。我毛泽东若腐败，人民就割我毛泽东的脑袋。

三伯怔怔地。他后来对我讲，他当时感觉毛主席像一座高山一样矗立在他的面前。

毛主席走后不久，三伯调 A 省任副省长。是时：1963 年春天，中国已经远离了那个可怕的荒年。但另一个可怕的年代正在悄悄向人们走来。

1960年夏天，村里的食堂已经办不下去，只好解散了。各家各户重新起了炉灶，只是稀少了炊烟。

每天都有人死去。时值盛夏，田野里已经没有了绿色的植物，以至连树根、草根，凡能够咀嚼的东西，统统被人们拿来充填了肚皮。可是村里的红薯地，却没有人去挖。村里杜二娘七岁的儿子杜小山饿得扛不住，半夜到地里摸了一块红薯，就狼似的吞起来。不曾想被偷偷跟踪来的杜二娘从后面一把夺过去了，一向温和的杜二娘变得狰狞极了，嘴里骂着：你个崽子，几时学会偷了。就乱打起来，杜小山立刻鬼叫起来。等村人赶来拉开疯了似的杜二娘，杜小山已经被打得浑身是血，一张小嘴被二娘拧得烂烂的，昏死过去了。杜二娘凄惨的声音在村里炸响着：燕家村可从没出过啊，为什么就让我家遇到了啊，这叫我如何在村里做人啊。小山啊，你丢了祖宗的脸面啊。呜呜。

那天，大伯从地区回来，在地里转了转，就把村支书志河喊来了，听了志河的汇报，就让志河带着乡亲们把地里的红薯挖掉。

志河惊讶地摇头道：还没熟啊。

大伯恼怒地骂道：你混了，真要到人都饿死的时候，才算熟了嘛？

志河也有些火了：哥，你是大官，要说你去说嘛。就转身倔倔地走了。

那天黄昏，大娘也从县上回来了，进了门，就软软地坐在院中的石板上，脸黄黄的喘着。大娘很少回来，我们几个孩子天天盼着她回来，因为她每次回来，总能给我们带回一些吃的。

我们几个孩子拥过来，饥饿的目光狼一样盯着大娘。大娘看懂了我们的目光，歉意地笑笑：这回没带回来吃的，玩去吧。

孩子们失望地走开了，大娘轻声地喊住我，等别的孩子走尽了，从怀里掏出一块烤红薯塞给我，我记得那块烤红薯是黄绿色的，其间有许多坏了的苦丁。我至今常常在梦中忆起那种诱人的颜色。

大娘对我说：吃吧，快点吃吧。

我晕晕地看着大娘，怯怯地接过来。刚刚咬了一口，突然身后伸过来一只大手，夺走了那块红薯。我回过头，竟是大伯，硬硬的目光盯着我。

你回来了，大娘朝大伯笑道。

大伯不理大娘，凶凶地问我：哪来的？

我的几个哥姐听到了大伯的吼声，都拥过来，狼一样的眼睛盯着我。我至今记得那目光中有许多仇恨。

大伯骂道：是从地里偷来的吧，你这个贼崽子。

大娘急忙说：你怎么这样骂孩子啊。

你还护着她不成？大伯一扬手，给了大娘一记耳光。

大家都愣了。

大娘嘴角就冒出血来，跳脚跟大伯吼起来：你不问问清楚，就打人啊。

大伯骂：我打你给他们看的。看谁敢去偷。

我突然扑过去，狠狠咬住大伯的手。我恨透了他。大伯被我咬得疼了，一甩手，我就飞了出去。

死崽子，看我不打死你。大伯冲过来，扬扬手，威吓着我。

袁娘跑过来，拉住大伯：你也不问问明白，这块红薯是大嫂从县里带回来的。

大伯就怔住，看看大娘，声音一下子软下来：你说清楚嘛。

大娘一下子哭了：你容人讲话吗？

大伯摸摸我的头。我抬手挡开了。

大伯叹口气，转身出去了。

三伯缓缓走出屋子，走到我的身边，抚摸着我的头，低低的声音道：孩子，别怪你大伯。说罢，再也无话，就踱出院门。

月亮胆怯怯地从云层后面露出头来，一张惨白惨白的脸，显得消瘦极了。很快又掩死在黑黑的云朵里了。

当天夜里，志河站在村委会的房顶上，拿着喇叭嘶哑地喊话，要社员们到村里的东大场上去开会，秦书记要讲话。村民们就去了，见大伯早早等在了场上。志河袁娘几个村干部呆呆地站在大伯身边。大伯身边放着一张木桌，桌上燃着几支昏黄的土蜡，受惊似的烛光在夜风中慌慌地窜动着。

大伯看看人来得差不多了，就说：今夜开这个会，是告诉大家，村里已经决定了，让大家去挖地里的红薯。村民们听得愣住了，直直地看着大伯。

大伯说：咱们活人不能让尿憋死啊，都把地里的东西挖了，不能眼睁睁看着饿饭啊。我听说杜二娘的孩子偷吃了地里的一块红薯，让杜二娘打得半死，这不好嘛，不怪孩子嘛，杜二娘来了没有？就有人喊：杜二娘，秦书记喊你哪，前边来。

瘦成一根柴似的杜二娘颤颤地走到前边，傻傻地看着大伯，社员们也都呆呆地看着大伯。大伯声音有些发涩，喑哑下来：二娘，我老秦替孩子给你道歉了。说罢，大伯突然弯下腰去，给杜二娘深深鞠了一躬。抬起头来，已是满脸的泪。

杜二娘哇的一声哭了起来，猛转身跑出了会场。哭声在黑黑的旷野里响得烈。没有人去劝杜二娘，村里人知道杜二娘的孩子，昨天下晚已经死了。

袁娘带头喊了一声：去挖红薯啊。就转身向田野里走了。社员们紧紧随着袁娘，拥进了田野，空荡荡的场里，只剩下了孤单单的大伯，在那里久久地呆呆地站着。我不知道怎么突然觉得大伯变得十分的可爱了。我没有随人们去挖红薯，我坐在空空的场上，远远地看着大伯。大伯也远远地看着我，脸上似笑非笑着。

不知道什么时候三伯也来了。大伯看了他一眼，似乎想说什么，可是什么也没有说。三伯拉起我的手，往村里走了。我感觉三伯的手冷冷地颤动。

黑黑的夜色像水一样在村道上沉沉地涌动着。

又过了两个月，就进入了 1960 年的冬天，寒风漫不经心地掠过已经没有多少生气的村子。村里已经没有炊烟。整日整日的没有一点声息，像一座古墓那样可怕的寂静。

铺天盖地下了那年冬天第一场大雪，雪厚厚地盖在了田野中。天晴了，刺眼的阳光在雪地里喘息着，让人听着心颤颤的。

那天，我一早醒来，见村里的人都拖着软软的身子去扫雪了，袁娘也拖着浮肿的两条腿去扫雪了。我吃了一碗用杨树叶子做成的饭，就去上学了。道路已经被扫得干干净净，几个男人和女人扶着扫帚和铁锨软软地站在路旁看着我们，我认出他们是公社的干部们。雪都被堆在了道路两旁，路面已经露出了干松的黄土，散发着黄土的泥香，诱发着人们的食欲。我一路上不时地抓着道旁的雪吃着，那天我吃了很多雪，我至今记得我那天的肚子像被人系紧了肠子一样，有些隐隐的疼痛。我感觉要有什么事情发生了。果然，在第一堂课，就歪倒在了课桌底下了。紧跟着，就歪倒了另外几个同学。我是被苗老师背回家来的。

我醒来时，已经躺在了家里的土炕上。袁娘正在喂我柴灰水，这是乡下治肚胀的一种土法。我想坐起来，可是浑身一点力气也没有。就呆呆地看着窗外，天已经黑下来了。袁娘把一碗柴灰水端给我，让我喝了，就问我：还疼不疼了？柴灰水涩涩的，我直想呕，不想说话，就点点头。这时就听到街门一响，院子里就传来志河的声音：五嫂在家吗？袁娘就应道：志河吧，快进来吧。

豆芽菜一样的志河就晃进门来，就在屋中的土炕上坐下，伸过干柴一样的手，摸了摸我的头，叹了口气，问袁娘：大哥大嫂没回来？

袁娘叹一口气：听说苍南县好几个村子的人吃野菜中毒了，大哥去那里了，怕是一时半会回不来的。大嫂过两天就回来，说是要在咱们村里下乡。

志河苦笑笑：五嫂，村里有人说要去逃荒哩。你看这事？

袁娘闷了一下：不行，县上讲了，眼下全国都是这年景。咱们去别人的地面上讨食，人家吃什么啊？让党员们去做做工作，一个人都不要去，不能给咱燕家村丢人败兴的。饿死一条命，丢了儿孙的脸啊。那天县上的方书记就在会上这样讲的。话重哟。

志河叹道：都阎王喊门的年景了，还顾什么儿孙的脸哟。乱扯嘛。

袁娘叹口气：志河，咱们做干部的，莫要对乡亲们乱讲的。

志河不再说话，就坐在院子里掏出一指用旧报纸撕成的烟纸，卷烟。然后就凑近土蜡点燃，屋子里就升腾起一股菜叶子的味道。那是用葵花叶子卷的烟。那年代，村里的许多烟民就用它来替代烟草。

志河默默地吸完那支烟，把烟头放到脚下踩灭，对袁娘说：五嫂，有件事情我想跟你商量商量。

袁娘笑道：你说吧。

志河叹了口气：我也没有想好，那样做怕是要犯罪的。就垂下头。

袁娘怔了怔：我听别人说过了，你真敢想啊。

志河叹道：咱们当干部的，不能眼睁睁看着村里这么死人啊。

袁娘点点头：是啊，再想想办法吧。那种事是万万不能干的啊。

志河说：我们当干部的，总不能让乡亲们一个个饿死啊。就说不下去了。

袁娘默然无语，呆呆地看着志河。

志河道：县里传来了话，地区要修水库哩。公社要咱们燕家村出三十名劳力哩。

袁娘道：我也听说了，村支部要去一个带队的哩，还是我去吧。你婆娘有病，脱不开身的。

志河闷闷地说：其实我是真想去哩，在家天天费心呢。你一个妇道家，怎好去干那种力气活啊。

袁娘笑了：你小看我哩。当年支前的时候，我一个人一口气背过一百多个伤号哩。

志河也笑：不敢小看嫂子哩。

袁娘说：就这样吧，我去水库。

志河说行，就抬起屁股走了。我肚子里一阵乱叫，大概是那碗柴灰水发生作用了。就坐起来，袁娘扶着我，我扶着墙去大解。到了街上，就看到志河踢着疲疲沓沓的步子，消失在暗夜里了。街道上，死一样的寂静，只有寒风呆呆傻傻地吹过去。

1961年冬天，县委指示各公社抽调人力去修朝阳水库。朝阳水库至今仍是苍山县最大的一个水库，于1963年春天竣工。或者今天的人们不可能想象，在那样一个饥饿的年代，政府竟然还能有这种举措。燕家村抽调了三十名民工，在西北风呼叫着的一个早晨，到公社集合了。

我那天正在公社的学校上课呢。听到敲锣打鼓的声音，我听不进课去了。一下课就跑到公社的大院里去看热闹。就看到公社的院子已经挤满了，各村来的民工都带着工具站在寒风里。还有几面旗子在风中猎猎飘动着，发出哗哗啦啦的雄壮的声音。院子的中央搭起来一个席棚子，算是主席台了。上边还挂着一幅大标语，红纸黑字亮人眼目：让高山开道，让河水让路。

天阴阴的，好像要下雪的样子，我感觉有些冷，就想回去了。刚刚要走，就听到有人叫我的名字。我顺着声音一看，原来是袁娘。袁娘笑道：援朝，你别走，一会儿我给你吃的。

我高兴地问：什么吃的啊？袁娘笑道：一会儿就知道了。

人群一阵躁动，有人说：来了来了。袁娘也对我笑：你大伯来了。

我回头去看，见有几辆吉普车开进了公社大院，瘦干干的大伯跟县委的几个领导下了车，就上了主席台子。公社的干部们就忙朝会场喊话：大家静一静了，秦书记来看望我们来了。

天果然就下开了霏霏的细雪，我抬头看去，就觉得天上要是下白面该多好啊。我至今记得当时这一个念头。每当下雪的时候，我就想起这一个充满了理想色彩的比喻来。这时，大伯就上了台子，开始讲话。

大伯站在高高的台子上，他眼前是数千名面呈菜色的乡亲。小风呼呼地刮着，小雪花在人们头顶上落着。

大伯高声喊着：乡亲们，我老秦送你们出征来了。我们苍山县，打败了日本鬼子，打走了蒋介石。今天，共产党号召我们去修水库。我们一定不能让党失望。人定胜天。愚公移山。

人群一片寂静，谁也不说话，我听到大伯的声音在满天的飞雪里像冻石头一样硬硬的。

开罢了誓师大会，各村出征的劳力到公社的食堂领取菜饼子，每人两个，还有一碗热汤。然后就出发。袁娘带着我去领了两个菜饼子，把菜饼子塞给了我，她喝了那碗热汤。她笑着对我说：娘去了，得走些日子哩。你就跟着你三伯吧。

我只顾狼吞虎咽着那两个菜饼子，一边吃一边乱点着头，竟没有细细看看袁娘。后来袁娘走了，大伯看到了我，走过来拍拍我的头说：援朝，快去送送你娘。

我醒过来，把最后一口菜饼子吞进肚里，就跑出院子，就听到一片敲锣打鼓的声响。只见黄土道上，漫天飞雪，红旗飘飘，民工队伍浩浩荡荡地出发了。我已经看不到袁娘在哪里了。

袁娘第二年春天才回来，只是那时袁娘已经不会说话了，一丝笑容在脸上僵住，似乎她突然有了一个什么念头，而这如烟一样的念头已经飘散了。民工们抬回的是袁娘的尸体。听民工们说，袁娘是生生累死在工地上的，她事事干在别人前边，还把干粮给别人吃。那天，她顶着寒风挑河泥，就昏倒在河坝上，再也没有醒来。

给袁娘下葬那天，我默默地淌着泪，固执地坐在坟地里不走，家里人劝不动我，就先走了，我听着田野里的风低低地吹过来，听着风儿钻入坟土的声音。我知道我再也没有袁娘了。我哇地放声哭起来。

我常常想着一个问题。关于精神与物质的关系，我们这些年或许过于强调了物质，精神在物质面前仿佛变成了一个受气的上不得席面的小媳妇儿。可是我们不能忘记，我们的原子弹是在那个年代，人们勒紧裤带干出来的。我们今天会狠狠嘲笑精神原子弹这句曾经风传一时的豪言壮语，可是历史偏偏开了这样一个一点儿也不幽默的玩笑。我们先是有了精神的原子弹，才有了物质的原子弹。

如果说我们用血肉筑起朝阳水库，那么凝聚血肉的则是精神的原汁。

袁娘走后的第十天的夜里，志河在他家里开了一个民兵会。第二天夜里，就胆大妄为地带着村里的民兵把公社的粮库打开了，弄出了九袋玉米。为此，志河招来了杀身之祸。

我常常感慨，或者那天志河真是晕了头了，已经被饥饿煎熬得耐不住他那焦躁的性子了。或者志河那天夜里跟几个民兵一定想了很久，终于他们做出那一项可怕的决定。据村里曾经参与了那件事情的老人们回忆，志河叫他们去的时候，眼睛红红的像是冒血。他们当然不会知道那时的志河，血管里的液体正在急涌奔流，志河已经决定了一件让全村人脸红至今的事情。

志河讲了想法，众人一下子都惊呆了，有人呆呆地问：这，可是犯法的事情啊。

志河惨惨一笑：我不能眼睁睁看着村里人一个个就这样死去，咱们是借，借还不行嘛。那么多种子粮在粮库里闲下一冬也是闲着，咱们借借还不行嘛？他空空的目光四下看着，渐渐，他的眼睛红了起来，渐渐就红得像浇了鸡血一样，恶恶地盯着众人。

借。志河终于为自己这个决定找到了一个理由。凡事情如果不做，只有一个理由；如果去做，总有一百个理由任你挑选。

民兵们闷闷着，谁也不肯说话，满屋子里只听到一种犯罪前紧张的喘气声。

窗外，月亮被云彩掩死了，寒风嗷嗷地叫着，在村道上疯跑着。正是一个月黑风高的夜晚。志河抽了几口树叶子烟，大口大口地吐着浓浓的烟雾。他哑声道：大家就不要去了，我一个人去就是了，日后有了什么我秦志河担着吧。说罢，就跳下炕来，扯起几条麻袋，凶凶地走出门去。

终于，有几个年轻的民兵，跟着志河出来了。

屋里有人冲出来，低低地喊一句：志河，你们去不得啊。

志河听到这一声喊，脚步猛地停住。他回过头来，看到几双欲哭无泪的眼睛。志河叹了口气，就大步走了。

当他们走到村口那块石碑前，志河的脚步似乎迟疑了一下。但他没有去看那块刻写着约束着燕家村人行为规范的石碑。

公社的粮库只有一个粮食局的冯大水守着，大水已经被饿得头晕，早早躺在床上了。对翻墙过来的这十几个人，竟是毫无察觉。

志河他们没有费多少力气，就把粮库的门弄开了。他们拥进去，满满地装了几麻袋玉米，拖出了粮库。就在出大门的时候，就听到一声吼：站住。

志河一惊，回过头来，昏昏黄黄的灯光下，管粮的保卫冯大水黑黑地站在粮库门口，一支黑洞洞的枪口对着志河。大水是县粮食局的，到燕家村收过粮食，大家当然认识他了。

无人知道是偷，有人知道则是抢。偷则还有羞耻之心，抢则把这种行为推上了赤裸的绝境。志河并没有想到抢。志河呆在了那里。几个背着粮食的民兵也愣愣地看着大水。

志河非常难看地笑了笑：大水。

大水骂道：秦志河，你怎地干开了这种事啊？

志河垂下头，许久，抬起头来，已经满脸是泪了。就看着大水说：大水兄弟，我们不能看着村里人一个一个地死啊。

大水就湿了眼，声音像一下子被抽去了骨头，就软下来：志河兄弟，这可是种子粮啊，有道是饿死爹娘，不吃种粮啊。你们都是当村干部的，这道理是该懂的啊。

一阵沉默。空气紧张得像拉满了的弓。粮库里只听到呼呼的喘气响。

志河猛地吼一声：大水，你给我滚开。吼罢，拖起一包粮食就走。

大水哗啦一声就拉开了枪栓：志河，听我一句，这粮食动不得啊，是要掉头的啊。

志河凄然地说：我什么都明白，可现在顾不得许多了。

大水硬硬地说：我不能让你们这样走的。

志河点点头：我知道。猛地抬手，打昏了大水。几个民兵就上去捆了大水。

志河把粮库的十几袋子种子粮弄到了村里。当夜就开了社员大会，让各家各户把粮食带回去。

于是，一个出乎志河意料的景观出现了。乡亲们眼睛里冒着一种就要燃烧的热烈，却没有一个人上前去搬那些已经分配好的粮食。志河去公社粮库劫粮的事情在村里已经传开了，人们惊得透不过气来了。燕家村从没人干过这种事情呵，真是胆大包天了。志河疯了不成？人们慌慌地拥到村委会的大院子里，就看到志河几个人弄来的那十几包粮食。土蜡燃起昏黄的光，荡起飘忽不定的暗影，像鞭子一样在人们的身上抽打着。

志河干干地喊道：大家把这些粮食分一分吧。

没有人响应，志河的声音显得无力极了。像是很容易就能被人折断的枯枝。

志河又心虚地喊了一声，仍是没有人去动。一个老汉走过来，盯住志河：志河啊，怎么能干这种事呢？哀哀地看了志河一眼，长长地叹了一口气，就转身走了。于是，乡亲们就一个个走出了院子。最后，院子里只剩下志河和那堆粮食。

天空黑黑的，院子里点燃的那几支土蜡，有气无力地燃烧着。志河就木木地怔在了那里。他没有料到，他们几个舍身为乡亲的行为，他们对村民们的关怀，竟像是一颗挡在村民们脚下的小石子，被村民们轻蔑地踢飞了。志河突然觉得自己挺窝囊，挺没劲，挺操蛋的了：几个早就蔫头蔫脑了的民兵，突然蹲在地上，伤心地哭了。呜呜地。哭声在死墓一般的村中飘散着，显得那样软弱无力，像残秋中田野里悲悲的虫鸣。

志河呆呆地走出院子，不禁抬起头来，仰天长啸一声。一口浓浓的热血就喷出来。

其时，天寒彻，夜无声。

天蒙蒙亮时，志河让民兵把粮食送到了公社，自己去自首。几个年纪大的村民就趴在村头那块石碑前痛哭着，哭声像受惊的鸟儿一样在村中飞来飞去。整个燕家村陷进了惶惶不宁的气氛中，人们感觉到一种比饥饿更吓人的事情就要来临了。

1994 年的春节，我面对着一桌丰盛的年饭，把这段故事对女儿说了。女儿睁大眼睛，问我：是真的吗？如果是真的，那么我真不敢相信全世界任何一个民族，在饥饿的死亡线上，能够如此理性冷静。您讲的是真的吗？

我艰难地苦笑笑：是真的，的确是真的，你的姥姥就是在那年饿死的。

女儿用不信任的目光看着我，仿佛我真的是在编造一个神话。或者，她真的不相信曾经存在过这样一段历史。女儿笑着说：我看过一部反映那个年代的中篇小说，那篇小说里的主要人物可是带着愤怒的感情，带着红了眼的老百姓去砸了粮库的。这篇小说还获了奖的。

我摇摇头：我也读过那部名噪一时的小说，但我总不肯相信作家写的那就是真实的生活，至少在苍山县里就没有发生过那种事件。也绝不会发生那种事件的。

女儿笑了：您别是把记忆中的东西艺术化了啊。您看看当代的中国人，就会知道您记忆中的是否真实了。昨天下了一场大雪，您见过有扫雪的吗？您这些年见过有扫雪的吗？这就是中国人啊。

女儿挑衅的目光盯着我，我哑然。的确，我已经记不清了，从什么时候，这个城市没有人扫雪了。每年下雪之后，都要出几起交通事故。市委大楼门前，雪仍旧堆得厚厚的，人们连"各人自扫门前雪"这句最为保守的格言也忘记得干干净净了。

女儿看我怔怔的，就嘲笑着问我：既然那个年代那样饥饿，为什么人们竟能够自甘潦倒，聊以自毙呢？为什么竟没有人破门入户，抢劫造反呢？他们分明感受到了生命的威胁，却竟没有互相残害。真是还能路不拾遗，夜不闭户吗？

我点头说：基本上是这样的。

女儿感慨地说，那个年代的人真是老实啊。如果现在赶上一个饥饿的年代，人们还会那样吗？

我看看她：你说呢？

女儿一脸惶然：说不定，我也要加入打砸抢的行列呢。至少要把银行抢了。

我呆呆地，我的心疼了一下子，我看着女儿那张平静的脸，我知道女儿说的是真话。一句非常恐怖的真话。

我再也无心吃饭了，转身去看窗外，窗外一片白茫茫，路上的雪还没有化。太阳光在雪地上欢快地跳舞。果然是没有人扫雪，听说已经出了好几起交通事故了。昨天晚报上讲，一个出租汽车司机被人杀了，尸体被埋在了雪地里。丈夫对我讲这件事的时候，口气淡淡的，好像在说一件小孩子的游戏。我开始恐怖雪，皑皑白雪中竟掩埋着黑暗的凶杀。一种精神的民族的凶杀？

的确，对于这样一个年代，对于那些人物，我一直不敢动笔，以至于现在我坐在书桌前，回忆这一段历史的时候，我竟怀疑我是否真的在那样一个时候生活过。我该怎样写那个年代、那些人物？好像真是很难的。那一个年代那些无恨无悔饿死的人们，能否代表中国？在当今热闹的现实景观中，我这样一个回忆，显得那样苍白，而且有毛病。那一场饥饿，像一场风一样，早就刮得无影无踪了，却让我保持着惊恐的记忆。那一个没有诗情的年代，却让我终生高山仰止。

我今天重提这一段历史，不仅仅是回忆那一场恐怖的饥饿，我是重新被那个年代中那种镇定自若的精神秩序所震撼。我们竟是在一个夜不闭户、路不拾遗的时尚中安详地度过了那场可怕的灾难。不要总是指责那一个年代吧。不要总是对那一个年代的中国百姓简单地理解为愚不可及吧。或者说，那一个年代有着过多的悲剧和错误，但是它竟是充满了神圣的原则和伟大的人格。以致使我们每每回忆起，总感觉像是敲打一块钢板，叮当作响，激越雄浑。

退一万步讲，我们恼怒那个经常充满了错误和悲剧的年代，但我们总不应该倒污水似的连同盆中那洁净的婴儿一同泼掉。我们应该珍惜自己的历史，我们应该珍惜那种洁净，我们应该纪念那个物质绝对危机，而精神竟绝对灿烂的年代，换句话说，我们的确不应该把那一个人格灿烂的年代，错误地看成精神愚昧的年代啊。

或者那一个年代的精神原则，本身太高傲了，这使得它与我们现实中活得有滋有味的人们之间产生了悲哀的隔阂。因为那个年代的精神几乎是处在了极致，超越了我们今天能够合理想象的界限，对于只重视现实而不在乎历史的当代中国人，断定它只是野史传说而不予置信，从而渐渐忘记了它是一个重要的关于中国曾经是怎样活着的例证了。或者说，匆忙的当代国人，早已经被利益驱动搞得焦头烂额，已经丧失了体会它的心境和教养了。

我可怜的女儿啊。

1994 年的春节，我一夜无眠，我想了很多。这也许就是我写这篇文章的最初冲动吧。

志河带上那些粮食去公社自首了。公社被惊呆了。当下就用麻绳捆了志河，又派人到粮库找到嘴里被堵了破布，被捆成一团的大水，一并押解到县里去了。县公安局就把志河和大水拘押起来，连忙向县委汇报。

县委方书记听到汇报，惊呆了。那是一个公社的种子粮啊，竟有人敢这么胆大妄为，而且还是一个村党支部书记带头干的。反了反了。

方书记是大伯的老部下，当他听到是大伯的堂弟犯的案子时，很是为难地给地区挂了一个电话。大伯接了电话，听得呆呆的，电话里好半天没有声响。方书记颤颤地问：秦书记，您看这事……

大伯猛地火了：这还用请示我吗？这是反革命事件。懂吗，反革命。大伯把电话摔了。

方书记放下电话，叹了口气，就对通讯员说：你把秦志河叫到我这里来。通讯员就去公安局带志河来见方书记。

两眼没有了一点光彩的志河被押进方书记的办公室。彼此都认识而且熟悉。方书记点点头坐着没动，浮肿的双腿已经很难使他站着说话了。他指指椅子：坐吧。

志河一脸惭愧之色：方书记？我……我真是昏了头啊。说罢，就垂下头，傻傻地坐在椅子上，再无一句话了。

方书记闷了一会儿，就问了问村里的情况，特别问了问死人的情况。志河一一说了。方书记不时点点头，最后看看表，就喊通讯员进来带志河回公安局。

志河站起身，闷闷地问了一句：这事我哥知道了吧？

方书记点点头。

志河又问：他说什么了？

方书记哀下脸，没有回答。对通讯员挥挥手。

志河低下头，转身要走，门就开了，就听到有人颤颤地喊了一声：志河。

志河回头看，见是大娘走进来，哀哀地看着他。

志河怔住了，干干地叫了一声：大嫂……头就低下去。

方书记跟大嫂点点头，吃力地站起身，走了出去。通讯员就站在了门口。屋里只剩下了大娘和志河。大娘叹口气：我刚刚听说了，你怎么会做下这等事啊。

志河低下头：我实在不忍看乡亲们饿死啊。

大娘说：你也不是在党一天半天了，现在什么形势啊，修正主义掐我们的脖子，老天爷闹自然灾害，毛主席都不吃肉了，我们还不能饿几顿饭吗？挺一挺就过去了嘛，总不会比咱们打鬼子那年月难过吧？可你怎么能……

志河垂泪道：大嫂。我已经知道做下错事了，现在悔得肠子疼哩。我对不住村里的乡亲，做下这等坏了村子名声的事情。把这事刻在村前的石碑上吧，让后人知道，饿死也不能去偷啊。就呆呆地转过脸去，看着窗子，有一只苍蝇软软地趴在上面飞不动了。

大娘叹道：志河，你何止是丢了村里的脸面啊，你糊涂啊，你是丢了共产党的脸面啊。

志河身子一颤，呆呆地看着大娘。

大娘看看志河：你还有什么话要讲的，家里还有什么话要说的吗？

志河就湿了眼：日后就靠给大嫂你了。

大娘点点头，怨怨地看了志河一眼，就低头出来了。

志河回了县公安局的看守所。

案子就报到了地区，批示很快就下来了。开除志河的党籍，移交到法院。过了一个月，就判了志河的死刑，报省高院核准。

枪毙志河的那天，几个公社的人都拥到路边看热闹。人们在传说着一个可怕的故事，燕家村的支部书记砸了国家的粮库，共产党里边出了坏蛋。

老百姓拥挤在路上，朝着志河指指点点，有人恶恶地骂着。还有人狠狠朝志河吐唾沫。以致开道的警车不得不几次停下来，驱散着人们。

没有开公判大会，原来是要开的。后来方书记说了一句话：乡亲们都饿得走不动了，再弄到一起开会，在冷天里冻着，怕是要死人的，于是，就没有开会。

燕家村没有几个人去看，他们头低着，觉得志河实在是给燕家村丢了人，燕家村的乡亲们日后怎样出去见人啊。有几个老太太那天就在燕王庙前跪下了，烧着香，嘴里喃喃着，似乎是在替坏蛋志河赎着什么罪孽。

燕家村陷浸在一片深深的羞臊之中，他们感觉他们的荣誉一下子被志河毁掉了。悲哀啊。

我没有去看志河，大娘不让我去，我至今后悔，我至今猜想，那天志河一定会在囚车上四下找燕家村的乡亲们。志河一定不放心燕家村的乡亲们的。而燕家村却没有一个去送送他。

枪毙志河那天，村外的太子山上，站着一个人，一动不动，一直目送着志河上了刑场。看着志河在山下的河坡上跪下，被一颗子弹结束了生命，又看着我大娘带了几个村里人去替死去的志河收尸。

那人就是我三伯。

志河在看守所里省下了十几块菜饼子和两块玉米饼子。两块玉米饼子是志河临刑前的最后晚餐。公安局的人按照志河刑前嘱咐，给大娘送了去，说是志河让大娘带回燕家村给孩子们吃的。大娘就带回了村子，就让我们几个孩子欢天喜地不知滋味地吃了个精光。我们哪里知道，我们是吃的志河的上路饭啊。志河是空着肚子走上刑场的啊。

1960 年至 1961 年的两度荒年里，全县共出过三起偷窃事件。除去燕家村这一件村干部偷窃粮库的事件，还有一件石家村的一个叫贺二虎的偷了生产队的几斤红薯干，被判刑五年。再一件是县城的售货员监守自盗，半夜值班时，偷吃了商店的饼干，大概一共吃了十几斤，他没有受到法律的制裁，第二天被上班的职工发现，他已经躺在地上不能动，肚子像一个皮球一样鼓鼓的，他是胀死的。任何一个世界中，都有杂质的，但不能代表这一个年代的人们的精神。至少，我想志河也是没有划出这个精神圈的。在那个饥饿作为第一特征的年代，这几起偷窃事件，实在是不值得一提的了。

近年来，苍山县偷窃成风，于是，防盗门成了抢手的产品。燕家村占河的儿子做防盗门成了大富。去年我回苍山县采访，参观了占河家的铁合金工厂。那一个宽大的院子里，堆满了一律涂着血红色防锈漆的防盗门，上边还画着秦叔宝、尉迟恭的神像。占河的儿媳告诉我，他们家已经开始设计装有防盗电子系统带音乐门铃的防盗门了，现在已经有了不少订户。我问她价钱是不是很贵？她狡猾地笑笑说：当然很贵的，因为还要装非常豪华的进口锁。我问：真的有人买？她告诉我，这东西现在很走俏，苍山县共有十几家这样的工厂，没有不赚钱的，很受一些有钱人的欢迎。她让我在报上给他们吹一吹。就算做广告了。我点头答应了。

我回到报社，没有写这篇稿子，我想了很多。在那个荒年里，我们是无论如何也不会想到防盗门这个东西的。那真是一个路不拾遗、夜不闭户的年代啊。那些精致结实的防盗门，能说明什么呢？

我不能不提及另一个数字。今年，苍山县工农业总产值，达到“建国”后的历史最好水平，而这个水平的背后，是全县偷盗成风，仅燕家村，就有二十余人因偷盗被逮捕。1993年，全县出现刑事案件两千一百多件。其中盗窃案一千三百起，包括入室抢劫杀人案三十七起。我从这些数字的背后，看到苍山县当代子民的精神面貌。他们变得硬实了，凶悍了，骄横了，他们不要任何制约了，他们重新选择了一种行为准则，他们一个个横眉立目，带刀上路，大步疾行。

我实在是无话可说了。

燕家村似乎一下子被泄了元气，再也打不起精神来了。志河的事情，够燕家村人脸红几辈子的了。村头的那块石碑，不知道被谁涂上了一层黑墨。耻辱深深地击中了燕家村人的心脏。燕家村的人在饥饿面前的镇定，已经做到了极致，村头的这一块石碑，为燕家村的历史提供了约定俗成的生命前提，没有这一个前提，燕家村便无以构成，燕家村便无以自存。而志河这个孽障，竟然背弃了这一个生命的前提，砸碎了燕家村生命的公理、精神的基石，他恶恶地向燕家村的心脏狠狠扎了一刀啊。燕家村人的心里在滴血，这是比饥饿更加让人难以承受的事情啊。

志河死后，志河一家再也没有出过门，任谁去喊，也不开门。后来，大娘让人送去一些用树叶子做成的饭团子，送到他家门口，却也不见他家人出来取。半个月后，大伯回来，让人砸开了他家的门，就见志河的媳妇和三个孩子都死在炕上了，是活活饿死的，他们是默默地死去的。既没有一点点表演的意识，也没有一点点抱怨的情绪。他们死得是那样透彻。

1988 年，我回到 S 县采访，见到了县里著名的乡镇企业家田二喜。田二喜也是燕家村人，他盛情款待了我。酒席间，提到了那个可怕的荒年，田二喜向我说了一件鲜为人知的事情。

那年志河弄回了粮食，他们也被喊了去，田二喜的父亲田成杰不敢相信，志河肯把粮食分给他们这样的地主分子。那时田二喜才十三岁，胆怯地跟在父亲身后，志河声音哑哑地说：把你们家那一份拿去。

田成杰害怕地说：乡亲们都不敢要，我也不敢要。

志河叹道：你不要管他……，他们有原则的，你们不要学他们的样子。

田成杰声音弱弱地：我家是地主啊。

志河苦笑道，那是以前的事了，你家现在也一样挨饿哩。娃儿还小，都是乡亲哩。

黑黑的夜色中，田成杰就贼贼地背回了那十几斤玉米。

说到这里，田二喜哽咽了：没有那十几斤玉米，他们一家人活不到现在，而且，他不敢相信，志河一家会活活饿死的。他说，他父亲回到家，整整哭了半夜，对全家人说，不要忘记志河，不要忘记……

田二喜对我说：你要写写志河啊，那是一个怎样的年月啊。

我含了泪：我写我写。

1961 年春天，灾荒仍旧威胁着苍山县。县委方书记万般无奈，咬咬牙，就到燕家村找我三伯，求三伯到省军区，找当时的省军区的司令员赵勇求救。赵勇是三伯的老战友，曾在苍山县打过游击。方书记是想动用三伯这个老关系，弄一些粮食回来。

三伯听罢方书记的意思，就叹道：部队的日子也紧得很啊。方书记垂泪道：我知道，我们是种粮食的，怎么好从部队的嘴里掏口粮啊。可是我真是看不下去乡亲们……

三伯长叹一声，就随方书记去省军区。

赵勇黑瘦瘦的，显示着灾年的特征。他坐在椅子上，听着方书记讲述苍山县的灾情。他的眉头一直紧紧锁着，一支接一支吸着特供的劣质烟，不时咳出黑黑的痰来。当听到县里饿死了那么多人，赵勇哭了，手颤抖着，猛地把烟在手心里捻死，忽地站起身，对方书记摆摆手：你别说了。来人。

一个警卫员走进来。

赵勇说：把军需处长给我喊来。

不一会，瘦得像豆芽菜似的军需处长进来了。赵勇没说话，示意他坐下。军需处长就坐下。

屋里很静。谁也不说话。赵勇就接着闷闷地抽烟。满屋子的烟雾，只听到赵勇不时地猛烈咳嗽声。方书记不安地在沙发上扭动着身子，他看看三伯，只见三伯仰靠在沙发上，已经是珠泪滚滚了。

军需处长坐不住了，问道：司令员，有事吗？

赵勇不看军需处长，眼睛闭着：我私人跟你借些粮食，你要大方一些了。

军需处长一震，看看三伯和方书记，方书记埋下头，三伯一声不吭，似乎睡着了。

赵勇说：我请你调拨给苍山县五十万斤粮食。

军需处长身子一怔，忽地站起来，空空的目光看着赵勇，没说话。

赵勇睁开眼睛，看着站得笔直的军需处长：你听到了没有?

军需处长点点头：听到了。

赵勇声音干涩地说道：那你就去办吧。

军需处长脸色就白了：司令员，这，这，军粮动不得啊。

赵勇硬硬地扔出一句：出了问题我赵某去顶雷。

军需处长还是一动不动，额上逼出许多细汗，脸更加惨白起来。

赵勇声音就有些沙哑：国法、天理、人情啊。我赵勇今天至少占了后两条了。你应该记得，那里的老百姓当年是怎样支援革命啊。那年月为了部队，乡亲们死了多少人啊，现在解放了……赵勇说不下去了。

军需处长身子微微颤了，向赵勇敬了个礼，转身走了出去。脚步沉沉的。

方书记再也忍不住了，站起来，浮肿的双腿一软，就跪在了赵勇脚下，放声大哭起来。

赵勇腾地火了，骂道：你这是干球什么嘛!

方书记抹了一把眼泪，站起来，连声喊道：谢谢了。谢谢了啊。

赵勇转过身去，眼睛盯着窗外，久久没有回头。窗外的树叶已经绿了，熬过了一冬的生命似乎正在悄悄地复苏了。

三伯看看方书记，站起身。方书记会意，低低的声音说：赵司令，我们回去了。

赵勇闷声对三伯道：老秦啊，回去代我向乡亲们好，把这个灾年过去，我赵勇要到苍山县去看望乡亲们。这五十万斤粮食，实在是不多啊，可是我赵勇就只有这一点能力了，让乡亲们咬咬牙吧。说着就转过身来，已经是满脸的泪了。

三伯凄然一笑，你已经尽力了。我听人讲，家乡的人来求你，你一斤粮食也没给啊。

赵勇眼睛一红，泪又落下来，长叹一声：我这个官，不是为家乡当的啊。你们快走吧，不然我冷静下来会后悔的。

赵勇病逝于1982年，时年七十九岁。他至死也没有到苍山县来看看。

五十万斤粮食，对于几十万人口的苍山县，无疑是杯水车薪。但是，它毕竟救下了几十万人的生命。那个瘦成豆芽菜似的军需处长，同时还调拨了三十万斤饲料。军需处长亲自押解着这批粮食，和方书记一同到苍山县。走到县里，把粮食卸了，军需处长眼睛潮潮地说：我回去了。

方书记和三伯跟军需处长握握手，目光哀哀地看着军需处长远远地去了。

后来听说那个军需处长在“文革”中被人整死，罪名是在三年困难时期，倒卖军用粮食和饲料。他到底也没有说出这一切都是赵勇的指示。而且这批调拨粮就没有赵勇的签字，或者那个精明的军需处长当时就想到了最后的结局，竟没有让赵勇留下一点痕迹。

五十万斤军粮和三十万斤饲料运到了苍山县，县委连夜召开了紧急会议。大伯和几个地委领导也被请来，大伯听了方书记的汇报，就苦笑道：粮食是你们苍山县搞来的，可是你们不能眼睁睁看着别的县挨饿啊。全局一盘棋嘛。

方书记点点头道：当然。

于是，重新划拨这五十万斤粮食和三十万斤饲料，最后分到苍山县头上，只剩五万斤粮食和三万斤饲料。后来有人感慨地说，苍山县在那个时候献出了四十五万斤粮食和二十六万斤饲料，近乎贡献出了几千个生命啊。这是何等的气魄啊。这是一个处在极致，超越了界限，不近乎人情，近乎愚蠢的故事，今天读来并不会使人快乐，让人听后有一种难言的悲怆，让人听后会永远感到今人的低下，我不得不在这个气壮山河的数字后边提及另一个让我气短的数字。1993 年，苍山县工农业总产值，创造了历史上的最好水平，而这一年，苍山县对希望工程的捐款，却平均每人不到一角钱。而这一年的公款吃喝费用，却平均每人一百六十元。我富裕了的苍山啊，远远地走出了饥饿贫困的阴影，脱去了土布的衣着，换上现代的西装革履，却如何竟站在了一个十分弱小和蒙昧的人格水平上了。仓廪实而知礼仪。我几次想起这个古老的历史命题，果然是这样吗？我深深地困惑了。

大伯带着那四十五万斤粮食和二十六万斤饲料走了，只剩下了苍山县委一班人仍在连夜研究余剩的粮食和饲料如何划分。

方书记想了想说：县委县政府和各区乡的干部都划出去，一份也没有，谁有意见，让他来找我。说罢，他那浮肿的眼睛，四下扫视着会场，扫视着那一个个脸上全是菜色的干部们。

会场上一片寂静，只听到一片沉重的喘息声。

窗外，早春的寒风扑打着窗子，发出尖尖的啸声，揪得人心紧。

方书记艰难地笑笑：散会。

1960 年至 1961 年，县委和各公社的干部们没有吃一点额外的粮食，是否绝对，至今苍山县的老百姓都这么说。西山公社的党委秘书刘春华的老婆玉秀，是刘家村的妇女队长，到公社开会时，因为惦记丈夫，就把自己早上的口粮——两个菜饼子省下，给刘春华带来了。刘春华哪咽得下去嘛。

玉秀看着丈夫，转身流着眼泪走了。刘春华的老娘和不满一岁的儿子，就是那一年饿死的。刘春华却硬是从每月已经减到了 20 斤的口粮里，每月都省出几斤，给了村里的五保户张寡妇。张寡妇由此又活到 1976 年。临死前，她仍喊着刘春华的名字。是时，县办公室主任刘春华正在戴着高帽被红卫兵押着批斗呢。

1989 年，任县委书记的刘春华，因为贪污公款三十八万元，被判刑二十年，给他送过菜饼子的玉秀，在县煤建公司当副经理，也因受贿索贿被判刑七年。据报上披露，刘春华家的一间空房子里，堆满了成箱的罐头，高级营养品，成条成捆的高级香烟和成箱的名酒。一个为了解决工作的临时工，为了转正，家里的房子拆掉变卖了，给玉秀送了礼。在写这篇小说之前，我曾去狱中采访过刘春华，他不认识我，我讲了他当年的事迹，他突然埋下头，无声地哭了。两肩颤抖着，像两片寒风中的枯叶。我发现刘春华的头发已经白了，我一阵恍惚。想象不出当年那个每月从嘴里省出几斤粮食的刘春华是什么样子的。

狱中的探视室里，不时有风幽幽地吹过。我抬头看看，是那扇小铁窗开着呢。几根锈蚀的铁条威严地竖着，让人感觉思维在这里会变得单调乏味。我再看看刘春华那一头白发，知道这个老人将在这里度过他的晚年了。我希望他能对我讲点什么，或者说，我暗暗希望着他能对那个年代再说些什么。

刘春华突然抬起头，挥挥手，无力地说，你走吧，我什么也不想讲。说罢，就转身回号子去了。我起身盯着他那有些驼背的身形，恍惚间似看到一片精神的废墟。这似乎不应该是刘春华一个人的变节，一个人的异化，而是一种当代文明对生态愚昧意义上的可悲的认同与回归。我不禁心中一阵慨叹。昔日的光荣已经成了嘲弄。文明的精神已经被这种回归打得落荒而逃了，苍山县已经开始容忍邪恶，已经无视暴虐，那一度辉煌的精神已经被撕成了碎片，任大大小小的刘春华们搓捏着和践踏着。

这似乎不是刘春华一个人性格的转变，背景竟是相当的深刻。深刻得让人心中滴血。

那天，苍山县委宴请了我这个记者。我是被一群政府官员拥簇着进了一家豪华的饭店的。我记得那天上了许多我没听说过的菜，鸡鸭鱼蛋都被做成了我很少见过的表情和姿态端上了桌子。五粮液和外国洋酒也前呼后拥地挤上了桌案。我看看那些红光满面的官员们，我估计如果再发生什么荒年，他们是绝不会在吃上出问题的。我那天喝得多了些，席间去小解。路过后堂的时候，见到两个老乡正在拉泔水，整盒的米饭和肉食就呼呼地倒进了泔水桶了。其中一个年长一点的老乡把一些整盘的米饭和馒头倒进了一只口袋中，我问他这样分开做什么用。他笑道：拿回去让家里人吃呢。

我好奇地问：现在吃的还紧张吗？

老乡苦苦一笑：我是那年月饿怕了，见着这糟蹋东西，心疼哩。

我怔怔地看着他……

老乡自嘲地笑笑：我这人没出息哩，没出息。

采访完了刘春华，我离开了苍山县。路两边盖起了一排排的商店和饮食店，一些招客女打扮得花枝招展，站在路边拦截着来往的车辆。我听说这一带卖淫的事情很多，还常常发生抢劫的案件。这些商业建筑的后面是田野，田野里麦浪滚滚，我打开车窗，深呼吸着浓郁的麦香。我竟嗅出了一种腐烂的气味，我闭上眼睛，车子已经走出苍山县很远，我暗暗叮嘱自己不要回头去看，但我还是忍不住回头去看了，当我扭过眼睛的那一刹那，我不禁热泪盈眶了。

我蒙蒙的泪眼中，似乎看到了一片昨天的废墟，我耳边传来路边酒店中放出的强劲的摇滚音乐。是一个时下很是走红的歌星在呼号着。我突然想到，也许就在这种现代人醉生梦死的喧嚣中、呼号中，昨天的废墟才显得雄浑，那是辽阔，那是久远，那是高贵而悲壮的光芒，那是一片由骇俗的美引起的久久震撼的遗址。

谈歌主要著作目录

长篇小说：

1. 城市守望．天津：百花文艺出版社，1997.
2. 家园笔记．北京：人民文学出版社，1999.
3. 票儿．长沙：湖南文艺出版社，2009.
4. 曲之杀．南京：江苏文艺出版社，2011.

中、短篇小说：

1. 大厂．天津：百花文艺出版社，1997.
2. 城市热风．南昌：百花洲文艺出版社，1997.
3. 人间笔记．天津：百花文艺出版社，2001.
4. 绝唱．武汉：长江文艺出版社，2001.
5. 天下故事．天津：百花文艺出版社，2003.
6. 英雄传说．台北：知本家文化事业有限公司，2005.
7. 人间笔记 2. 天津：百花文艺出版社，2011.

随笔集：

1. 一吐为快．呼和浩特：远方出版社，2002.
2. 水浒传人物品评录．天津：百花文艺出版社，2008.
3. 灯下闲读．北京：地震出版社，2012.